개밥에 밥토리

개밥에 밥토리

일본에서 한국인으로 살아남기

글·그림
DARORY

북폴리오

차례

3 일본에 사니까

4 너와 결혼한 이유

5 조금은 불편한 여기는 일본

6 그래도 이곳에

7 처음과 지금의 일본

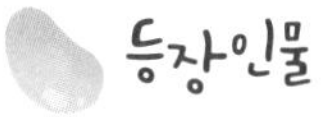

한국산 쌀로 만들어진 토리.
머리 위에는 늘 도토리를 얹고 다닌다. 교환학생으로 일본에 있을 때의 좋은 기억을 잊지 못해 다시 교토로 돌아와 대학원에 진학했고 어느새 일본 생활 10년 차가 되었다. 때로는 엉뚱하고 바보같지만, 해야할 말은 꼭 하는 성격의 소유자.

밥포리

일본 규슈쌀로 만들어진 포리.
머리 위에는 늘 김을 한 장씩 얹고 다닌다. 토리의 남편이며, 어눌한 한국어로 귀여움을 담당하고 있다. 늘 토리의 편에 서서 힘이 돼 주는 든든한 동반자.

밥파팡

밥마이

밥콩이

다롱이

프롤로그

고등학교 때 일본어반이었지만,
별다른 흥미를 못 느끼던 한 소녀가

교환학생으로 일본에 가게 되고

교토의 매력에 빠져,
대학원 진학을 거쳐

마침내 국제결혼까지!

그런 그녀가 겪은 솔직한 일본 생활 이야기

카모가와, 교토

1장

안녕, 일본

Episode 01

교환학생이 되다

제가 일본 유학을 생각하게 된 계기는 당시 다니던 대학교 전공 교수님의 전화였어요. 어떻게 보면 운이 좋았던 케이스죠.

네? 일본유학이요?!

네 성적이면
지원 가능할 것 같은데

레포트

내인생에 유학!?

학점 관리는 잘해놓은 편이라 서류 심사와 면접까지 무사히 통과하고, 3개월 뒤 출국 일정이 잡혔어요. 당시는 일어 능력보다 성적 우선이라 일어를 거의 못하던 제가 합격할 수 있었답니다.

모두 친절할까?

일본은 어떤나라일까

한국인이라고
뭐라하면 어쩌지

언어도 안 되고..

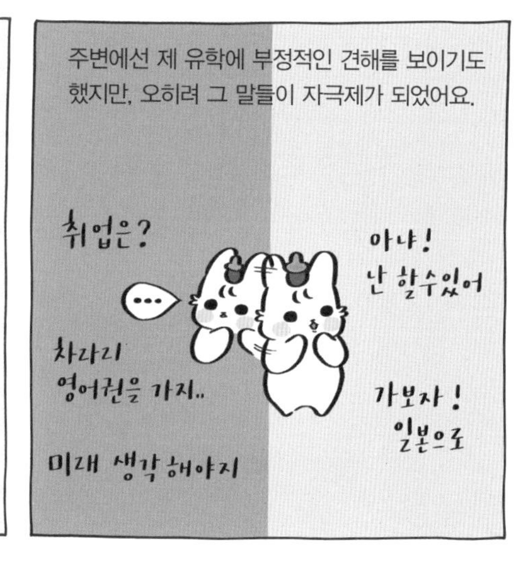

한 나라의 언어를 배우기에 3개월이라는 시간은 너무도 짧았지만, 출국 날짜는 착착 다가왔어요.

으아아 중간과제랑 발표준비!

シ(시)랑 ツ(츠)는 각도로 구분하는 건가??

찰칵
2010.MAR.31
DEPARTED
INCHEON AIRPORT
2010년 3월 31일 일본으로 유학
두려움 반, 설렘 반의 일본생활 시작♡

그렇게 첫발을 내딛은 일본은 모든 게
신기했어요.
이것도 알아!
교통간판 귀여워
오지조사마(지장보살)다!
책에서 봤어!

매일매일이 즐겁고 새로운 일들의 연속이라
지루할 틈도 없었고요.
일본택시는 머리 위에 뭔가 다 달려있어!!
회사마다 다른마크
자판기 천국이다!

어느 정도로 일본 생활이 신기했냐면,
길거리에서 흔히 보이는 나무를 봐도 설레서
사진을 찍었답니다.
찰칵
헤…
신기하다.

하지만 신기함과는 별개로, 의사소통이 안 되는 것에 대한 정신적 소모 또한 컸어요.

그냥 일본어 듣기만 했는데... 머리아프고 힘들다

털썩

꽥

교환학생을 시작할 때 저의 목표는 '외국인'이어도 과 톱의 성적을 받는 것!

그리고 제가 떠난 후에 제 빈자리를 크게 느끼게 하는 것이었어요.

학교 친구들도 정말 친절하고, 한국인이라 겉돌지는 않을까 걱정한 제 생각이 무색해질 만큼 잘 챙겨주었어요. 반 친구들에게 주려고 산 김은 인기 최고였답니다.

언어 능력이 부족하니 당연히 남들의 몇 배로 노력해야 했어요. 게다가 당시는 스마트폰이나 와이파이도 거의 없었던 때거든요.

모두가 대충 읽는 프린트 한 장도 중요 여부를 판단할 능력이 없었기에 늘 2~3시간 정도 시간을 들여 번역했어요.

그러다 보니 일본어를 몰라서 생긴 에피소드도 속출했죠.

꺄악! 과제프린트 넣은 파일이 없어졌어!!

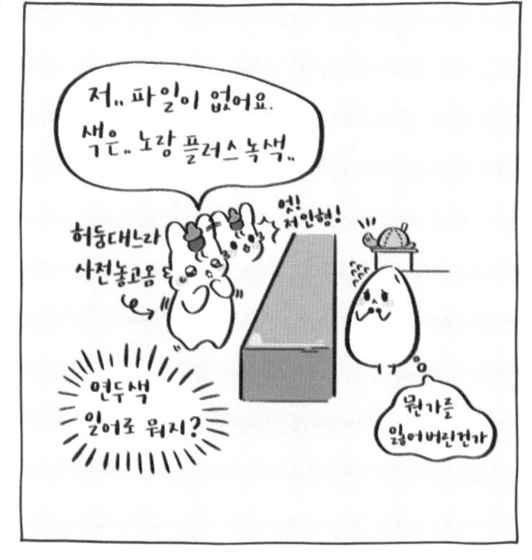

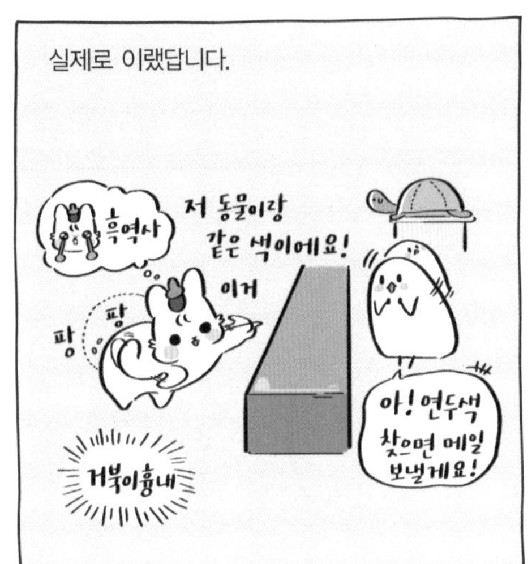
실제로 이랬답니다.
흑역사
저 동물이랑 같은 색이에요!
이거
팡
팡
아! 연두색 찾으면 메일 보낼게요!
거북이흉내

배가 고파 들어간 규동집. 젓가락만 있어서
먹기 불편해 숟가락을 달라고 하고 싶었는데…
아.. 스푼이요?
젓가락 친구 있나요?
아..
이렇게 생긴..
먹기위해 별수없다

그런 저에게도 드디어 아는 단어가!
이거 재밌네. 키노우와? (기능은?)
아는단어다

나왔다고 생각했지만 아니었어요.
키노우
* 昨日 : 어제
키노우
* 機能 : 기능
어제 만들었어요!
아니.. 기능이 뭔지..
자신 만만
빵터진 교수님

요즘은 유학생의 비율이 꽤 높아졌지만,
당시(2010년)만 해도 제가 다닌 학교엔
유학생이 드물어 저를 보러 오거나
신기해하는 친구들도 많았어요.

오예! 말걸기성공

안녕! 나 한국좋아!

안녕!

이름은 모르지만 자주 보는 친구야!

그런 관심이 싫지는 않았기에, 유학 온 1년 동안
많은 경험을 해보고 싶어 모르는 친구들에게도
먼저 인사하며 다녔어요.

엇 00짱이랑 자주다니던 애!

안녕!

어디 가?

안녕! 과제했어?

나중에 같이 밥먹자

덕분에 친해진 아이들과 함께
학교 축제도 준비해보고

과제를 핑계 삼아 밤샘 작업도 하며
친분을 쌓고
한국에서는 과제가 많아서 자주 철야했어!
쫑알 쫑알
오늘말야~ 저번에 말했던~

교환학생 시절은 힘든 일도 있었지만 행복한
일이 더 많아서, "이 순간이 멈췄으면…"하는
생각도 자주 했었답니다.
끙! 이봐!
조금만 천천히 가줘!

제가 떠나기 며칠 전, 친구들은 저 몰래
서프라이즈 파티를 준비해줬어요.
그때의 감동은 잊지 못할 거예요.
날 위해서 이 많은 친구들이 모이다니!
선물까지.. 너무 고마워

그중 한 친구가 친구들의 사진을 찍고,
저에게 보내는 메시지를 전부 스캔해서
책으로 만들어줬어요.
'사요나라'는 안 쓸거야!
가지마! 또 올거지?
너를 만나서 정말 행복했어 꼭 다시 만나
내가 준 책 다 읽어! 또 다시 만나길!
네 덕분에 반 친구들과 친해졌어! 한국 꼭 갈게
너 같은 유학생은 처음이야! 너무 멋져!

받자마자 이별을 실감하고,
정말 서럽게 울었던 게 기억나요.

국가 간에 쌓인 응어리 같은 건 개의치 않고
열린 마음으로 저를 대해준 친구들.

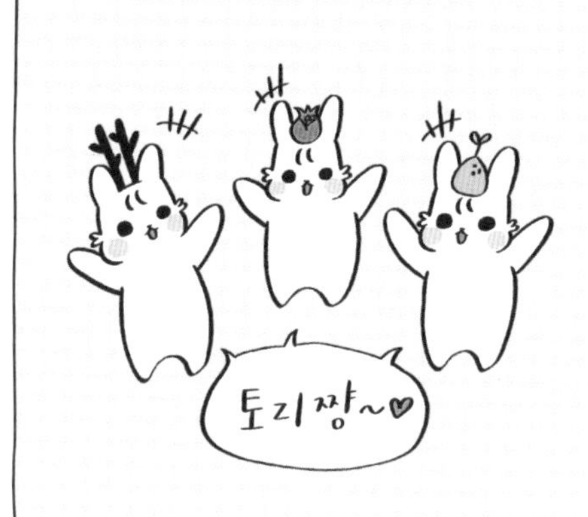

너무 따스한 추억. 고마운 친구들..
이 추억들 덕분에 다시 일본에 왔고
지금의 내가 있는 거겠지

앞으로도 좋은 기억이
많이 많이 생겼으면

추억의 힘은
정말 대단해

Episode 02

마지막 썸

그렇게 도시락을 같이 먹게 되었고,
자연스럽게 저희는 친해졌어요.
너랑 이야기하면
너무재밌어
나도야
사전
꺄 예쁘다

어느 날, 일본에서 지하철을 아직 타본 적
없다는 말에 같이 타러 가자고 제안해온 포리!
교토 '데마치야나기'역
비오던 오후, 빗소리를 들으며
포리와 함께한 그날
배고파
비온다,
여기들어와
밥뭐먹을래?

함께 밥먹고
깨를 이렇게
갈아주래.
이거 먹고 뭐할래?
노래방!
노래하고, 즐기고
너무 즐거웠어요

같이 있으면
너무 즐거워..
포리만 눈에
들어와..
뭐야..
이 감정
다정하고 절 웃게 해준 포리는
언제부턴가 제 마음속 한켠에 자리잡고,

그렇게 혼자만의 짝사랑이 시작됐어요.
일기장은 온통 포리의 이야기로 한가득
채워져갔고,
이 사람은 내 사람이라는 느낌이 들어.. 뭘까 이건..?
내일은 학교에서 만날수 있을까?

마음이 커질수록 고민도 함께 자랐어요.
하지만, 난 1년뒤 떠날 애 어쩌면좋지
그냥 너무 좋은데..

마지막으로 마음을 전하고 떠나려 한 저에게
기회가 찾아왔어요! 그건 바로 스노보드 여행!
토리짱~ 나가노현에 스노보드 타러 같이 갈래? 포리도 간대~
쫑긋
갈래!

야간버스를 타고 떠난 나가노 현,
옆자리는 아이들의 배려로 포리가 앉았어요.
한국 가면 이제 못만나..
두근
두근
심장아 진정해
쿵쿵 쿵쿵
뚜쉬 뚜쉬
바운스 바운스

토리의 상상 속 전개도♡
Fall in Love
이런, 조심해
어머나♡
전부터 널..
꺄~
꺄
나가노 현까지 가는 버스 안,
꿈같은 계획도 그려보고..♡

하지만, 현실은 냉혹했어요.
상급코스
으아앙
오바아!
내 계획은!?
아예 못일어남
결국 토리는 썰매탐

계획(?)은 실패로 돌아가고, 어느새 돌아가기
전날 밤. 많은 생각이 떠올라 1층 로비 소파에
앉아 창밖을 보고 있었죠.
예쁘다..
지금 이 풍경을
같이 볼 수 있다면
얼마나 좋을까..

그때 포리가 내려왔고, 저는 마지막이니
용기를 내서 제 마음을 고백하기로 했어요.
밖에 눈 많이 온다.
이제 곧 한국 가네.. 아쉽다..
정말 즐겁고 재밌었어.
일본어도 늘고!!
알고 있었지?
지금이야
말해버려

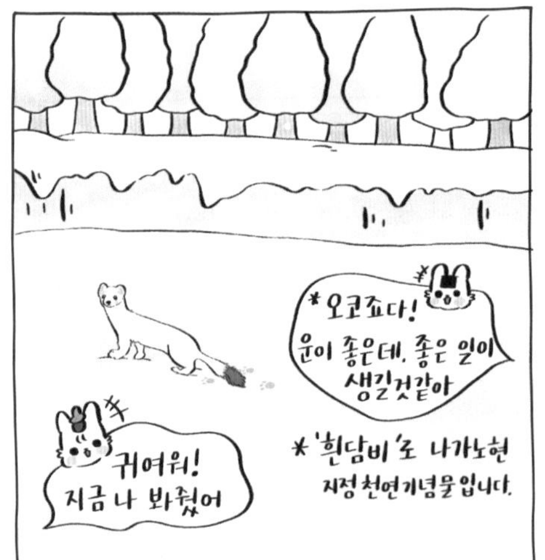

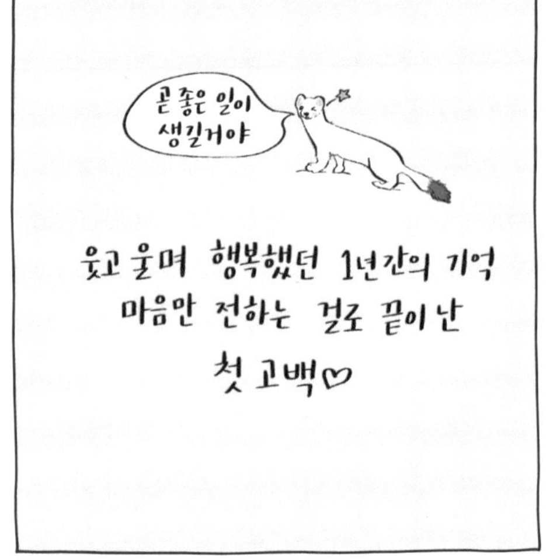

웃고 울며 행복했던 1년간의 기억
마음만 전하는 걸로 끝이 난
첫 고백♡

한국으로 귀국한 뒤에도 저희는 스카이프로
자주 연락했어요.
나는 졸전이랑 일본대학원 준비하고 있어
한국어 1
한국어 공부하려고?!
난 오늘 한국어책 사서 공부해봤어. 토리는 뭐 했어?
대학원 꼭 오면 좋겠다

전 대학원 진학 준비로 정말 바쁜 1년을
보냈고요.
PPT
시험
레포트
졸전준비
영어
후엥
토익
인턴
알바

그리고 대학원 시험을 치르러 일본에 갔는데,
시험 전날 포리가 요리를 해주겠다고 했죠.
내일 시험이니까 밥해줄게!! 우리집으로 가자!
예~ 좋아! 배고팠는데 딱이야

*이기다 : 카츠
일본은 시험에서 *이기라고 카츠를 해먹거든. 내일 파이팅!
너 좋아하는 토마토도 있어
감동

카츠의 힘이었는지 전 대학원 시험에 합격했고,
외국인이라 어려웠던 부동산 계약도 포리가
대신해주었어요.
2012年 3月 25日
아니에요~
남자 친구분이 너무 수고 많았어요.
왜 남자친구 아니라고 안하지?

외국인은 방 구하기도 정말 어렵구나..
그래도 네 덕분에 바로 입주했는 걸!
고마워
저기.. 토리야

나도 네가 좋아
나랑 사귀어 줘
좋아!

근데 왜 내가 고백했을 때 사귀자고 안 했어?
사귀고 싶어서 말한 거 아니라며!
아퍼
말이라도 해보지~

비하인드 스토리
콕콕
이때 기억나?
웃겼는데♡
너는 몰랐겠지..♡ 사실은 말이야...

에? 뭐여
김이 맛을 이겼다니?
재구나~ 새로운 유학생이.. 귀엽다.
웃긴 애다

곧 올 때가 된 거 같은데
엇, 왔다! 토리야-!
같이 도시락 먹고 싶은데

아~ 새로운 애
토리라고 알아? 걔 진짜 웃겨
요즘 걔랑 자주 만나는 거 같다?
저번에 걔가 도시락 먹는데 쫑알쫑알

데마치야나기에서
산죠로 가서
카츠쿠라 갔다가
노래방도 갈까
카페도
알아봐야지
비온다니까,
우산도 가져가자

앗! 포리다!
오늘은 운이 좋네
앗! 토리다!
오늘은 운이 좋다!
응!
같이
강의실 갈래?

이제 같이 가는
마지막 여행인가
Z Z
쿵쿵 쿵쿵
뚜시
뚜시
바운스
바운스

근데 사귈 생각으로
고백한건 아니야,
그냥 좋아
사귈 생각이
없다니!? 에에!?

흑흑
흑흑
왜지!?
왜.. 안 사키는 거지..
충격

ㄱ ㄴ ㅅ ㄷ ㅂ ㅇ ㄹ ㅁ
아야오요
오요??
스카이프
해야지
토리
부동산권
서류
언어가 부족해서
그런 걸지도 몰라

2月
토리시험
연습해야지
카츠요리
해줘야겠다

포리야!
나 합격했어!
일본에서 보자!
와~
이건기회야

2012.03.27
포리♥토리
혼인신고서
제출일
2017.05.05
부인
김토리
남편
야마사키 포리히로

안녕, 일본!

정말 알다가도 모르는 게 사람 인생인 듯해요. 고등학교 2학년 일본어 수업 시간, 뒤늦게 찾아온 사춘기 탓인지 단어 시험에 백지를 냈던 그 애가 지금은 이렇게 일본에서 글을 쓰고 있다니! 일본 생활을 시작했을 때의 기억은 아직도 생생하게 남아 있어요. 처음 와본 해외, 서울과 다른 교토의 분위기, 그리고 놀라울 정도로 빨리 닫는 가게들과 조금은 낯선 냄새를 품은 교토의 공기. 그리고 짝사랑에 빠져 있었던 저의 모습.

시작은 짝사랑으로, 끝맺음은 결혼으로. 일본은 저에게 정말 큰 선물을 준 나라입니다. 한국과 일본의 문화 차이로 초반에는 정말 많이 싸웠지만, 그 시간들이 겹겹이 쌓여 지금의 저희가 있는 거겠죠. 잘 표현하지 않아 서운할 때도 있었지만, 지금은 누구보다 열심히 표현해줘요. 우연히 찾아온 유학 기회는 어떻게 보면 필연이었을지도 모르겠네요.

'안녕, 일본! 다시 만나서 반가워.'

Episode 03

애정 표현

알고 보니 그 말이 일본에서는 사랑한다는
의미로 사용되고 있었어요. 나츠메 소세키가
I love you를 달이 예쁘네로 번역한 것에서
유래되었다며…

하지만, 그런 걸 알 리가 없던 토리

예?

뭘 봐..

뚱

토리의 언짢음이 +1 증가했습니다.

거기엔 서로 다른 성향과 문화에서 오는 오해도 많았답니다.

많은 시행착오를 거치고 서로의 문화를 이해하면서 싸움은 줄어들고, 그렇게 평화로운 나날이 이어져갈 때쯤 사건(?)이 발생했죠. 그건 바로

2012년 런던올림픽

유도 한일전! 일본 에비누마 선수와 조준호 선수의 8강전이었는데, 갑작스러운 판정 번복이 있었던 거예요.

투닥
판정 번복!? 일본 심판 매수 한거 아냐?
아 그걸 왜 나한테 그래
야!
아!
저 선수가 뭔가 했나보지~!
야, 지금 싸우자는 거냐?
이미 싸우고 있거든!
투닥
에잇 전쟁이다!
실제로는 말싸움만입니다.

…우리…
너덜
상처
상처
너덜

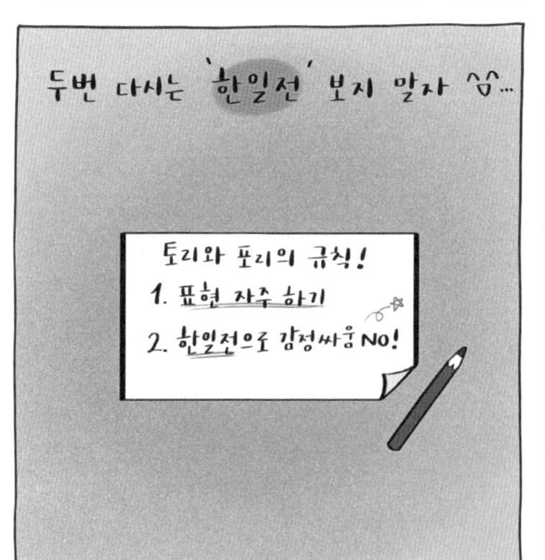
두번 다시는 '한일전' 보지 말자 …
토리와 포리의 규칙!
1. 표현 자주 하기
2. 한일전으로 감정싸움 NO!

국제연애는 보통연애와 비슷하지만, 서운해하거나 다투는 이유가 본인들이 원인이 아니라 다른 것인 경우도 많아요.
그래도 서로 이해하며 맞춰나가는 재미가 있답니다.
모두파이팅!

Episode 04

애인과 애인

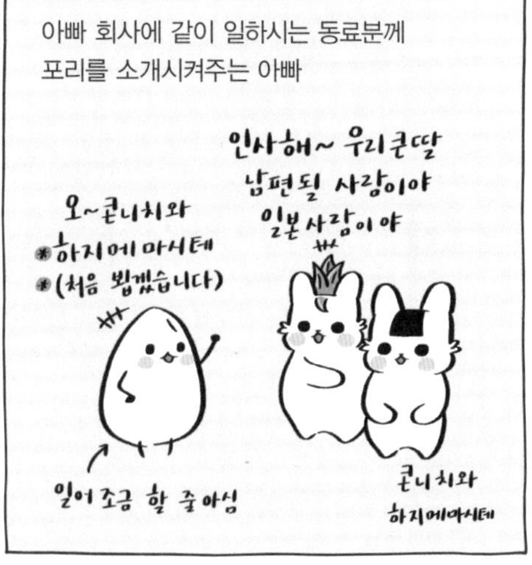

어.. 뭐였지.. 아!
아나타와 토리노
(당신은 토리의)
*아이진 데스카?
*(愛人 애인입니까?)
엑!
아닌데요!!

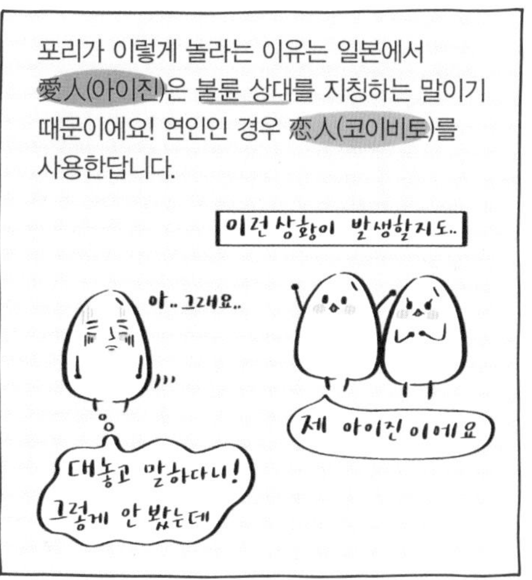

포리가 이렇게 놀라는 이유는 일본에서
愛人(아이진)은 불륜 상대를 지칭하는 말이기
때문이에요! 연인인 경우 恋人(코이비토)를
사용한답니다.
이런 상황이 발생할지도..
아.. 그래요..
대놓고 말하다니!
그렇게 안 봤는데
제 아이진이에요

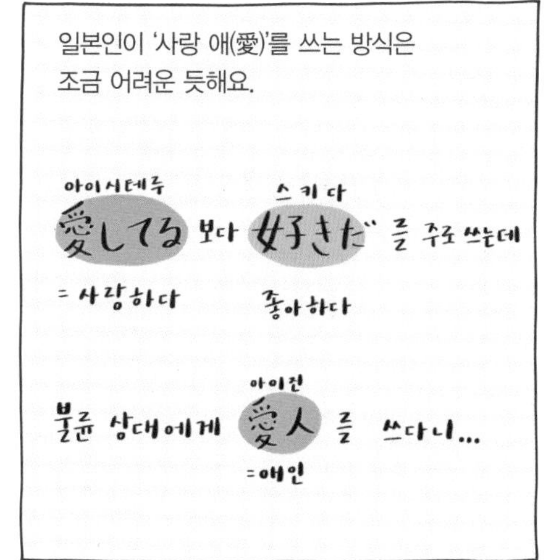

일본인이 '사랑 애(愛)'를 쓰는 방식은
조금 어려운 듯해요.
아이시테루
愛してる 보다 好きだ 를 주로 쓰는데
스키다
= 사랑하다
좋아하다
아이진
불륜 상대에게 愛人 를 쓰다니...
= 애인

그러니 일본에선
주의해서
사용하세요!
아이진은
안돼요!
나빠 나빠
연인 사이는 코이비토

Episode 05

사용 금지 표현

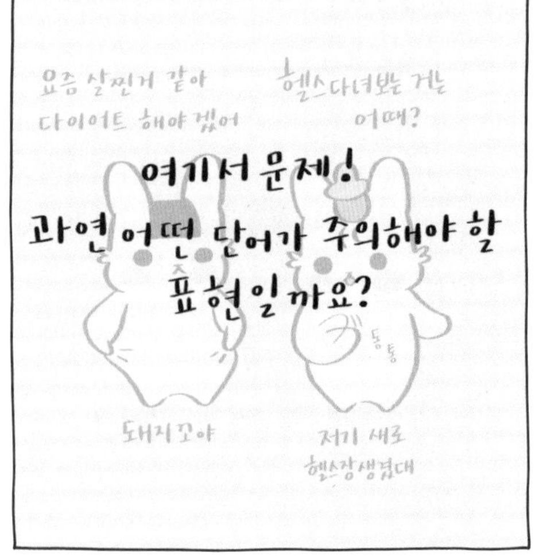

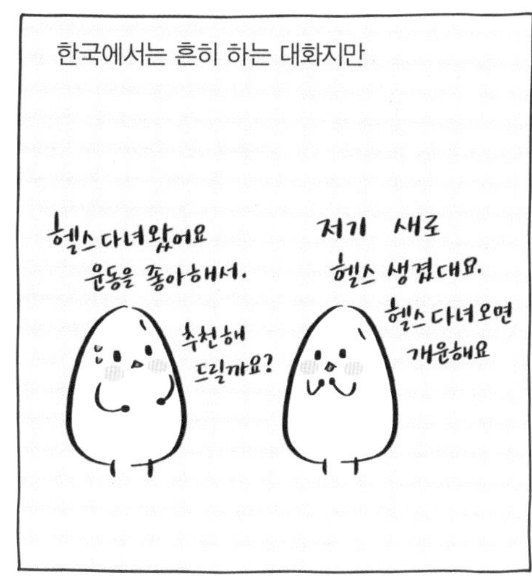

일본에서 헬스(ヘルス)는 패션헬스라는 업종의 줄임말로 성매매업소를 말해요.
성기 삽입만 하지 않으면 합법이라 간판 달고 영업하는 곳도 있답니다.

한국의 헬스랑은 너~무 달라요!

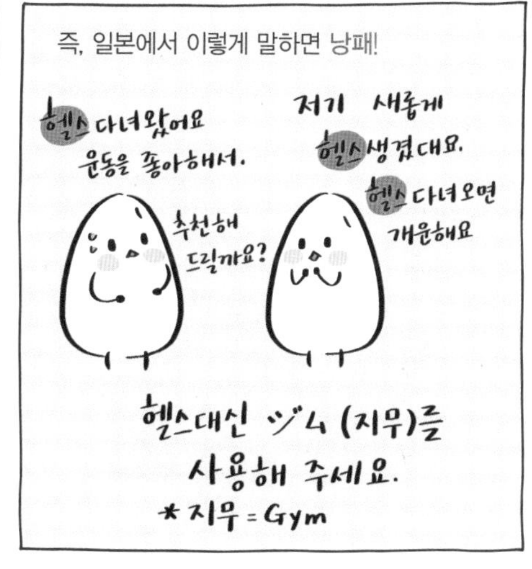

Episode 06

금숟가락 은숟가락

감사 인사를 드리고 집에 돌아가려는데, 뭔가 쓸쓸해 보이는 밥신령 포리에게 토리가 말을 건넸어요.

저.. 밥 안드셨으면 같이 드실래요?
네! 죠아! 같이가자!
다시 혼자야

이치조지역, 교토

2장

때로는 서러움

Episode 01

한국인의 이미지?

하...
도대체 저런 말은
왜 지껄이는 걸까?
누가 들어도 비하 발언인데,
너무 무례하고
이해가 안 된다.

'한국인'이라고 했을 때 으레 듣게 되는 말이 하나 더 있어요. 바로 '성형'에 대한 얘기. 이것도 일본인들의 고정관념이죠.
한국인이라고 말하면 꼭 듣는 소리 '한국인은 다~ 성형해?
전 성형에 관심 없기도 하고 제3자가 터치할 영역은 아니라고 생각해요.

게다가 '성형' 이야기를 조금 이상한 방향으로 끌고 가는 사람들이 종종 있어요. 제가 다녔던 대학원의 미술사 전공 교수처럼.
키무상(제 본명) 한국인은 왜 그렇게 성형에 집착하죠?
??
네? 뭔.. 개소리
키무상도 했나요?

전 성형에 관심 없어요. 저 같은 한국인이 있는 것처럼 모든 한국인이 성형을 하고 싶어 하지는 않아요.
그리고 일본인도 많이 해요.
뭐래 진짜
일본인은 그런거 안 해요! 내면의 아름다움을 알기에 하지 않습니다!

교수님, 한국의 성형외과엔 일본어로 된 간판, 일어로 대응 가능한 직원들이 수두룩해요. 성형하러 한국 가는 일본인도 많고요.
??
성형외과는 일본에도 많아요. 성형을 하면 일본인이 아닌가요?

한국인은 모두 성형한다.

진짜 아름다움을 몰라

외모지상주의

역시.. 한국..쯧..

성형 이유는 역시 예쁘지 않은 유전자?

한국 까내리기에 바쁜 일본 언론

거기에 세뇌당하는 사람들...

정말 '내면의 아름다움'을 중시한다면, 이런 무례한 질문은 절대 하지 않을 텐데...

10명중 9명이 이러니 답답하다..

한국인은 거의 다 성형한다며? 일본인은 안 그러는데~

일본에 사는 한국인이라면 한 번쯤 들어봤을 법한 질문. "한국인은 정말 성형을 많이 해?" 성형 수술은 '하고 싶으면 하는 것'이고, 어디까지나 개인의 선택이라는게 제 생각이에요. 일본에서 이런 질문을 하는 사람은 한국인 중 거의 대부분이 성형을 했으리라는 걸 전제로 이야기하는데, 문제는 여기에 '비하' 의도가 숨어 있다는 거예요. '성형하는 한국인은 자기들 나라의 유전자에 만족하지 못해서 하는 것이며, 그와 달리 일본인은 성형하지 않는다'로 이야기가 끝나게 마련이거든요. 학교에 다니며, 선입견에 사로잡힌 수많은 사람들을 만나봤어요. 심지어는 교육을 담당하는 교수들이 편견에 치우쳐 제대로 된 사고를 하지 못하는 것도 봤고요. 정말 답답한, 그리고 '답 없는' 일이죠.

Episode 02

한국인 안 같아

물론 여러 가지 뜻이 있겠지만

하나, 발음이나 어휘 표현, 억양 등이
네이티브에 가까울 때.

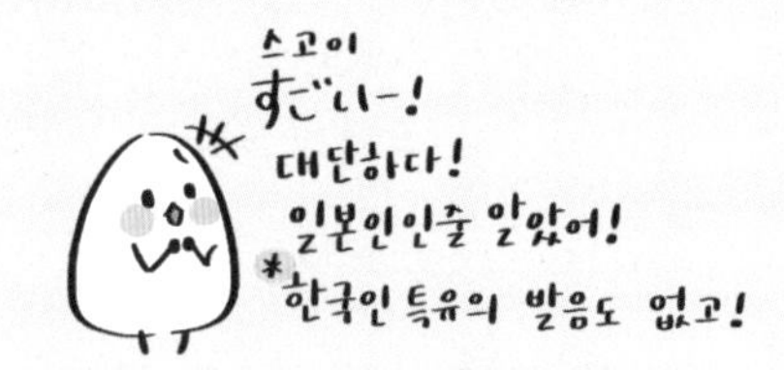

*대부분 나라마다 특유의 발음이 존재
한국인의 경우 f, z 발음, つ(츠)에서 나타남
중국인의 경우 ら(라)행을 전부 'r'로 발음

둘, 뷰티나 패션 스타일로 유추했을 때.

딱 잘라 말할 수는 없지만,
가까운 한국, 일본, 중국만 봐도 선호하는
스타일이 달라서 어느 정도 구분할 수 있어요.

셋, 부정적인 뉘앙스가 담겨 있을 때.

한국인 안 같다

성격이 급하지 않다.
목소리가 크지 않다.
냄비근성이 없다.
매너가 좋다.
예의 바르다.
등...

= "한국인 같다"는
결국 부정적
이미지가
대부분인 발언

친구들이나 지인에게도
많이 듣던 얘기인데
일부러 돌려 까려는게
아니라, 너무 자연스럽게
이야기 해서 더 속상해요

Episode 03

개인주의

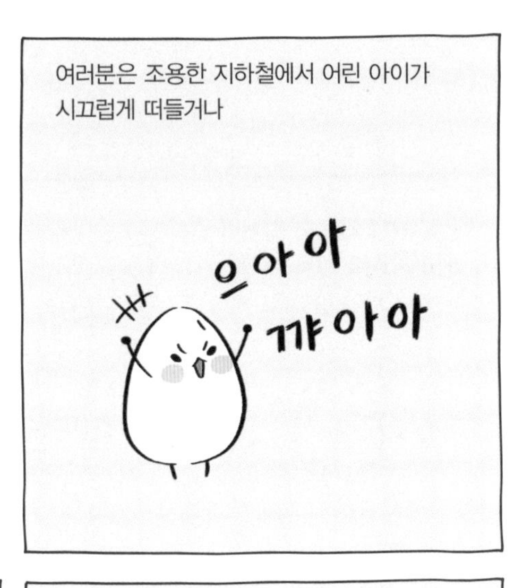

큰 소리로 외국인 여성에게 성적 농담을
한다면 어떻게 대응하실 것 같나요?

가슴크다
엉덩이 죽이네~
저 남자랑은
무슨 관계 일까?

그래서였을까요. 일본 지하철에서 당했던 이 일을 잊을 수 없어요. 개인주의와 방관의 차이를 깊이 생각하게 된 일화랍니다.

개인주의

방관

교토에서 모녀 셋이 전시회를 하고 오사카로 돌아오는 길.

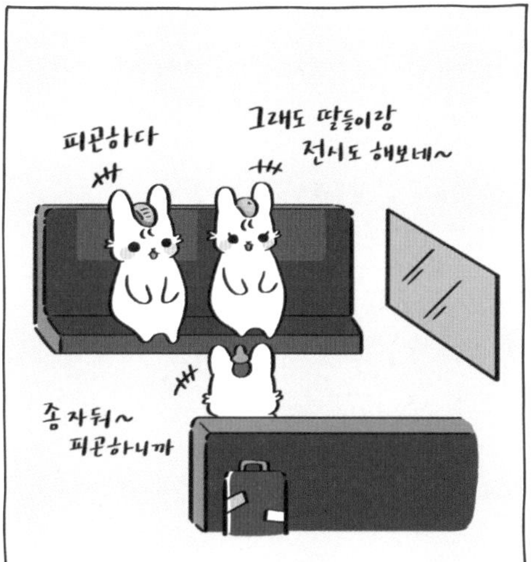

열차를 타고 오사카로 가던 중 한 역에서 아이들이 탔고, 그 아이들은 동생 뒤쪽에 자리잡곤 저희를 힐끗힐끗 쳐다보기 시작했어요.

그러다 남자아이가 동생의 의자를 손으로
치기 시작했고, 둘은 일본 애니메이션
〈루팡〉의 노래를 큰 소리로 불렀어요.
루-팡!
루팡!
탕 탕
뭐야, 얘네 너무시끄러워
의자도 너무 치는거 같네..

처음엔 발달장애가 있는 아이들일 수도
있기에 화를 참고 있었어요.
흠.. 뭐지. 일단 참자
잠시 앉을게요

그러다 제 귀를 의심하게 하는 말을
듣게 됐죠.
야, 쟤네 저 남자랑 무슨 관계일까?

동생 가리키며
그리고 얘 봐~ 가슴이랑 엉덩이 사이즈 얼마 정도일까? ㅋㅋㅋ
십대 초반 아이들
34? 36? 야, 야, 쳐다본다! ㅋㅋㅋ
봐서 어쩌라고

동생에게 성희롱을 하는 순간 피가 거꾸로 솟구치는 것 같았고, 전 그쪽을 노려봤어요. 소름끼쳤던 건 아이들이 웃으며 손을 흔들었다는 것.

*바

*카

*바카 バカ
바보, 멍청이처럼 상대방을 깔보는 속된 말

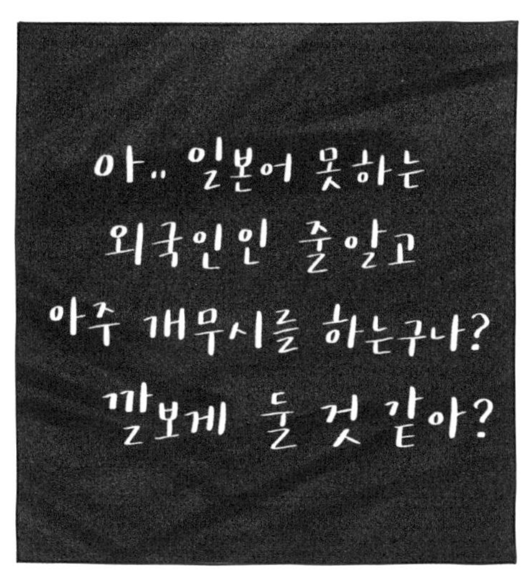

내 가족을 비하하는건
누구라도 용서 못해

처음이었어요
전철에서 소리쳐본건...

왜? 외국인이라 너네가
하는 말 모를 줄 알았는데 놀랐냐?
난 니들 같이 상식없는 새끼들
처음 봐서 놀라워.

아까는 잘만 떠들더니
왜 아무 말 못해?
그 눈은 뭔데?
할말있으면 해봐
씨...

결국 여자아이만 사과했고, 남자아이는
끝까지 사과하지 않고 절 노려 보더라고요.
씨
노려보면
뭐 어쩌라고
이런 애들이
나중에 커서 혐한이나
하고 다니겠지

도대체 왜 이 많은 사람중에
이 애들 행동이 잘못됐다고
지적하는 사람이 한 명도 없지?
개인주의라 그래?

성희롱이 잖아,
외국인 비하잖아

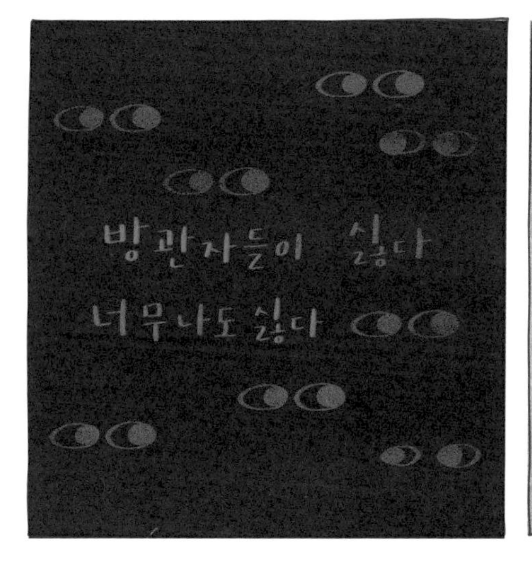
방관자들이 싫다
너무나도 싫다

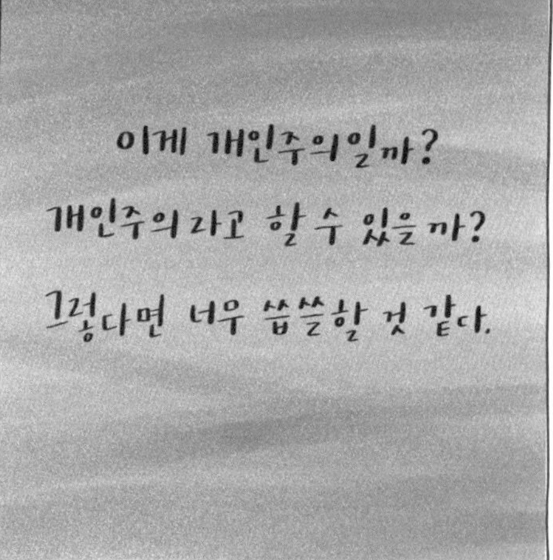
이게 개인주의일까?
개인주의라고 할 수 있을까?
그렇다면 너무 씁쓸할 것 같다.

Episode 04

장례식

세월호 참사는 전국민이
안타까워한 사건이에요.
그리고 한국에는 '곡소리'란 게
있는데, 사람이 죽으면
슬픔을 감추는 게 아니라
드러냄으로써 편히
잠들기를 바라는 의식이에요

각나라의 장례문화는 다양해요.

화환으로 고인에 대한
예의를 갖추는 것

떠나가는 고인의 얼굴을
보여주는 나라

춤으로 고인의 안녕을
기원하며 보내주는 나라

풍토적, 사회적 요인에 따라 달라지죠.

도대체 왜 한국인은 장례식장에서 그렇게 감정을 드러내?

제 대학원 담당 교수가 저에게 한 말입니다. 나라마다 장례 문화가 다르다는 건 누구나 한 번쯤 들어봤을 거예요. 쌓여온 문화가 다르고 그에 따른 정서도 다르기 때문에 장례의 방식도 다르게 나타나는 거니까요. 한국인은 슬픔을 드러냄으로써 고인을 위로하는 반면, 일본은 정반대입니다. 일본의 장례식은 굉장히 조용하고, 가족이라 해도 소리 내어 우는 사람이 적습니다. 뭐, 그런 일본인의 입장에서 보면 한국의 장례식은 좀 신기하게 느껴지는 것도 사실이겠죠.

하지만, "도대체 왜 한국인은 장례식장에서 그렇게 감정을 드러내느냐"는 질문은 마치 감정을 드러내는 것 자체가 잘못된 일이며, 나아가 한국인은 감정적인 민족이라고 단정하는 것 같아 굉장히 불쾌했습니다. 저런 질문이 나올 자리도 아니었고요.

일본인은 슬픔을 남에게 보이는 것을 부끄러워하는 것처럼 보여요. 일본에서 재해로 피해를 입은 사람들의 인터뷰를 볼 때도 한국과 많이 다른 걸 느끼곤 해요. 하지만 이건 차이일 뿐, 어느 한쪽이 잘못됐다고 잘라 말할 순 없을 거예요. 당연히 한국인이 감정적이어서 이성적인 판단을 못하는 것도 아니죠. 차이를 이해하는 건 아주 기본적이고도 중요한 '상식'의 영역 아닐까요?

"제가 사랑하는 사람을 두 번 다시 볼 수 없는데, 주변을 의식해 감정을 숨기는 것이 예의라는 생각을 저는 단 한 번도 해본 적 없습니다." 제 대답이 그 교수가 원하는 답이었길 바랄 뿐이에요.

Episode 05

일본에서 김씨로 살기

왜 이렇게 화가 났냐고요?
일본에서 '김씨(한국인)'로 살다보면 종종
부당하다는 생각이 들 때가 있기 때문이에요.

예를 들면 구청, 입국관리국

키우상 (김씨)
와카루? (알겠어?)

왜 초면에
반말이신지..

처음엔 기분 탓이라고 생각했어요.

하지만 주변의 한국 친구들, 지인들도
한 번씩은 경험해본 일이더라고요.
이게 나만 겪은 일이 아니라니!
도대체 왜 반말을 하는거야?

비자 발급용 서류를 떼러 구청에 갔을 때,
전에 든 생각이 착각이 아니란 걸 느꼈어요.
친절
친절
엇! 다음이다
번호표

키무상 인감 가지고 있어?
이거 알겠어?

가지고 있습니다만, 저 근데 왜 반말을 하시는 건가요?
정말 궁금해서요.

아~
*하이~ 하이~
스미마셍~
*하이: '네'란 의미지만,
2번 연속으로 사용시
귀찮거나 불쾌한 감정을 나타냄

아, 진짜
말투 뭐야?
친해지려고?
친해지는 방법
다 얼어죽었냐
외국인이면
반말로 하는게
더 잘 알아들을 거란
착각이라도 하는 거야?

이런 일이 구청이나 공공기관에서만
일어나는 건 아니었어요.
저희는 국제 커플이라
부부가 같은 성을 쓰지 않아도
법적으로 문제가 안 돼요.
이런 경우도
있더라고요.

쾅쾅쾅
(발로 차는 소리)
화들짝
뭐야??
누구지???
택배인가?
근데 보통 벨 누르지 않나?

정말 무서웠지만 용기를 내서 나가봤더니,
배달원이 짜증난 얼굴로 절 바라보고
있더라고요.
포리 이름
야마사키
키우상 맞아?

그리고 왜 반말이야
뭐야 왜 이렇게 날이 서있어?
야마사키
제길
무서워
왜이래
사인해 어딘지 알아?

포리본명
야마사키씨랑 무슨관계?
근데 왜 야마사키가 아냐? (의심)
남편인데요 외국인은 안 바꿔도 되는데요
야마사키
그래? 사인 다 했으면 줘

무슨 일이야?
하.. 아니.. 오늘 이런일이 있었어
외국인이라고 무례하게 행동하는 거 정말 화나..

포리는 택배회사에 직접 전화를 걸었고
R R R
아, 여쭤볼 게 있어서요. 왜 제 부인한테 그런 행동 했어요?
아, 외국인은 반말을 더 잘 알아듣는다고 …
아, 그건 그쪽 생각이고 회사 방침이 그런 건 아닐 텐데요?

외국인이라고 반말하면 안되는거지!!
게다가 문까지 발로 차고 본사에서 교육하겠대
고마워 조금 후련하다 그래도 당분간 혼자일때 짐은 받지 말아야지

이런 경험은 정말 속상하게 해요.
약 받고 집가자
키무상~ (김씨~)

목 아프다고 그랬지? 이 약은 아침에 먹고, 이건 저녁분이야. 이해했어?
알겠냐고
(일본인에게) 잠시만 기다려주세요
???

네, 이해는 다 했는데, 여기는 원래 환자에게 반말하나요?
아~미안~ 미안~

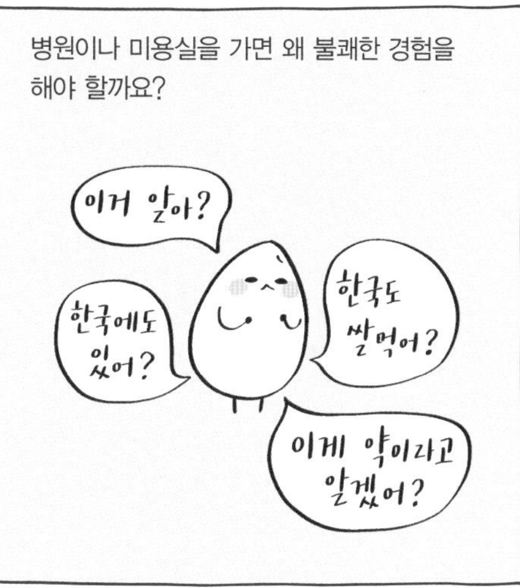
병원이나 미용실을 가면 왜 불쾌한 경험을 해야 할까요?
이거 알아?
한국에도 있어?
한국도 쌀먹어?
이게 약이라고 알겠어?

친근감을 주고 싶어서라고요?
외국인은 반말을 더 잘 알아들어 이건 배려라고!

정작 듣는 사람은 불쾌감을 느끼는데, 그게 친근함의 표현이라고요?
말투에서 친근감인지 아닌지 느껴지는데...
...
내가 그것도 구분 못 할까...

저희 가족은 매년 저를 만나러 일본을
방문하는데요.
딸~
언니~

최대한 보여주고 싶지 않은 장면을 보이고 말았을 때 너무 속상해요.

하루는 어떤 가게에 들어가 각자 먹고 싶은
메뉴를 주문하려는데
난 A세트 시켜줘
저희 A세트 2개랑 B세트 하나 주세요. 음료는 3개 다 콜라로 부탁드립니다.
엄마도 A로해
설명중

깜짝
에?
A세트 2개 B세트 1개 음료는? (반말)
궁시렁 궁시렁
*노미모노 노.미.모.노
*노미모노 =음료

콜라 3개라고
나도 반말 할 건데?
짜증내고 난리야

하.. 막 던지네?
휙

당신, 이거 뭐야?
왜 던져?
지금 태도 뭡니까?
아..
손이 미끄러져서

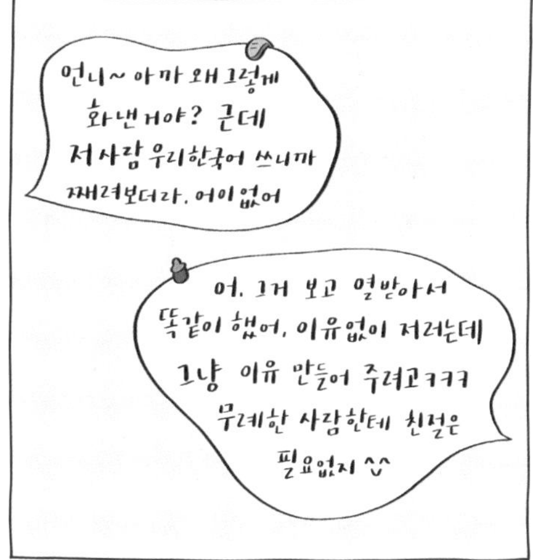
언니~ 아까 왜 그렇게 화낸거야? 근데 저 사람 우리 한국어 쓰니까 째려보더라. 어이없어
어. 그거 보고 열받아서 똑같이 했어. 이유없이 저러는데 그냥 이유 만들어 주려고ㅋㅋㅋ 무례한 사람한테 친절은 필요없지 ^^

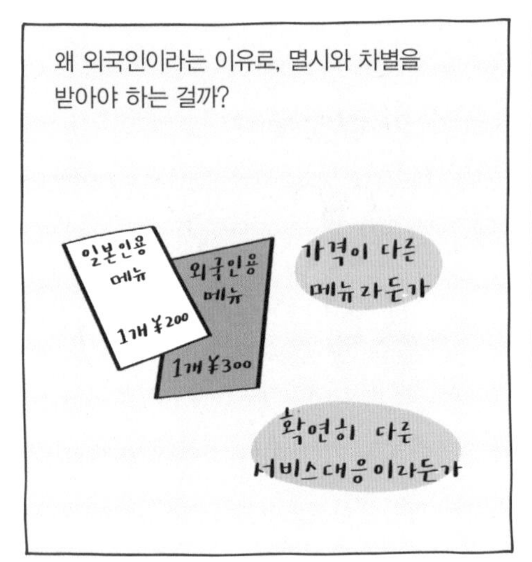
왜 외국인이라는 이유로, 멸시와 차별을
받아야 하는 걸까?
일본인용
메뉴
1개 ¥200
외국인용
메뉴
1개 ¥300
가격이 다른
메뉴라든가
확연히 다른
서비스대응이라든가

그저 관광을 목적으로 온 외국인이 완벽한
일본어를 구사하지 못하는 건 당연한 건데
훠이
훠이

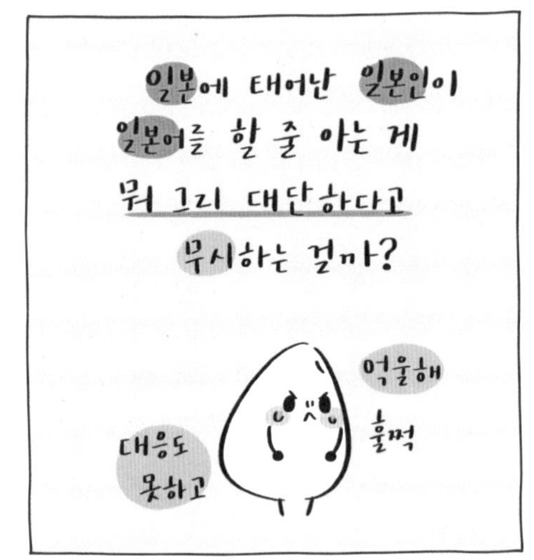
일본에 태어난 일본인이
일본어를 할 줄 아는 게
뭐 그리 대단하다고
무시하는 걸까?
억울해
훌쩍
대응도
못하고

외국인이니 얕봐도 괜찮다고 생각하는 걸까?
와~
CARD
¥4360
엄마가 내줄게~

내가 만약 일본어를 못했다면?
저 금액대로 내버렸겠지?
외국인관광객은 유치하려고
애쓰면서 이런짓을 해?
그래. 사실, 외국인이라 해도
서양인들에게는 무한 친절하지..

Episode 06

면접

제가 다닌 학교는 교토에 있는 국립대입니다. 이곳은 교수평가제가 특별히 없는데, 도입이 시급하다고 느끼게 된 사건 하나가 있어요.

박사과정 면접날

후.. 떨린다

토리상 들어 오세요

박사과정 면접관은 담당교수와, 한 번도 마주친 적 없던 건축과 전공 교수들로 구성되어 있었어요. 나중에 안 사실이지만 그중에는 한국인을 차별하는 것으로 유명한 교수도 섞여 있었답니다.

평범한 면접 질문이 오가던 중, 문제의 그 교수가 저에게 질문 아닌 질문을 했어요.

한국은 참 불행한 나라야
그죠?
전통 보존도 못하고 말야
불쌍하죠
그렇지 않습니까?
일본의 이런
우수한 점을 배우러
한국인은 와야 해요.
그런 나라에 사는
사람도 불행하죠.

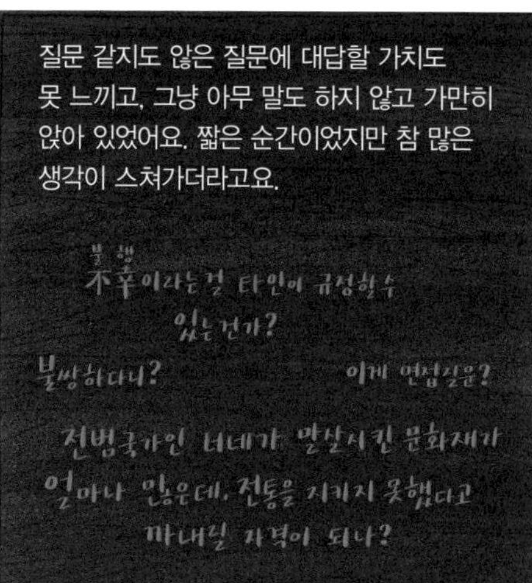
질문 같지도 않은 질문에 대답할 가치도
못 느끼고, 그냥 아무 말도 하지 않고 가만히
앉아 있었어요. 짧은 순간이었지만 참 많은
생각이 스쳐가더라고요.
不幸(불행)이라는걸 타인이 규정할수
있는건가?
불쌍하다니?
이게 면접질문?
전범국가인 너네가 말살시킨 문화재가
얼마나 많은데, 전통을 지키지 못했다고
까내릴 자격이 되나?

아무 말도 하지 않고 그저 멍하니 앉아 있는
절 대신해 열심히 대변해 주신 담당교수
덕인지 박사과정에 합격은 했으나,
지울 수 없는 찝찝함을 느꼈던 하루였어요.
뭔가 싫다.
면접이라고
아무말도 못하고..
저런 사람도
교육자라니
합격

시작부터 삐걱거리던 만큼
순탄하지 않았던 박사과정

Episode 07

일본인이라 다행이야

일본인들이 흔히 하는, 듣기 불편한 말이 하나 있어요. 버스 광고나 TV, 주변에서 자주 듣곤 하는데요, 바로 이 표현입니다.

애국심의 표현일 수도 있고, 제가 민감한 것일 수도 있어요. 한데 문제는 이 표현을 사용하는 타이밍입니다.

북한이 어쩌고 저쩌고

동남아가 어쩌고

...

역시 일본이 제일이네요. 일본인이라 다행이야

왜 이런 말을 다른 국적인 사람앞에서 하는건가요? '재보다는 내가 나은 거 같아' 또는 '저 나라보다 여기가 나아'처럼 남과 비교해서 얻는 자기위안으로 뭐가 나아지는 걸까요?
'일본인이라 다행이다'로 다른 국가 비하 좀그만!

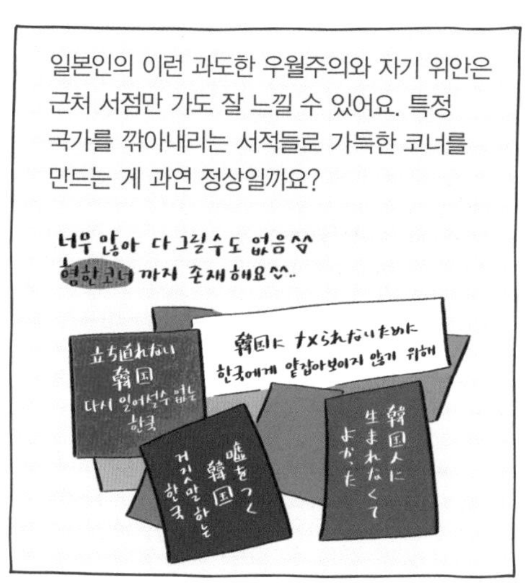
일본인의 이런 과도한 우월주의와 자기 위안은 근처 서점만 가도 잘 느낄 수 있어요. 특정 국가를 깎아내리는 서적들로 가득한 코너를 만드는 게 과연 정상일까요?
너무 많아 다 그릴수도 없음
혐한 코너 까지 존재해요..
立ち直れない韓国
다시 일어설수 없는 한국
韓国にナメられないために
한국에게 얕잡아보이지 않기 위해
嘘をつく韓国
거짓말 하는 한국
韓国人に生まれなくてよかった

어느 나라나 애국심을 고취하는 방송을 하리라 생각해요. 하지만 일본의 자화자찬 방송은 세뇌에 가깝게 느껴져요.
이래서 다들 TV를 안 보는구나..
? 엥?
일본스고이

일본 방송은 외국인 인터뷰를 할 때, 더빙을 합니다.
한국인 인터뷰 중
왜곡된 자막
한국의 경우 '자막'으로 내보내는 반면, 일본은 90% 이상이 더빙이에요.
실제로 한국인이 인터뷰 중 부드러운 말씨로 이야기 해도 더빙과 자막은 자극적!
감정넣은 자막 지양합시다!

그리고 뭔 놈의 자칭 한국 전문가가 이리도 많은지… 대부분이 '기승전 일본 최고!'로 끝나는 건 당연하고요.

흠~ 한국인은~ 이렇고~ 그래서 나라가~

어머! 일본은 안 그러는데

전문성 없는 패널이 나와서 한국은 이렇다, 저렇다 규정

옆에서 꼭 "믿을 수 없다" "일본은 안 그래" 라고 하는 패널

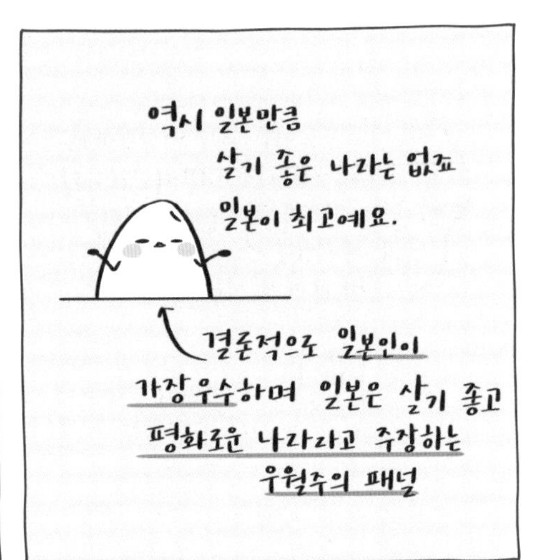

한국의 부정적 뉴스를 끊임없이 내보내서 여론몰이를 하는 것도 느껴져요. 계속 반복해서 보여준답니다.

사실이면 덜 억울하지 날조가 대부분..

국내 문제에서 눈을 돌리게 하고 싶을 때 어김없이 등장하는 한국 때리기 뉴스

남과 비교해서, 남을 비하해서 얻는 안도감이 정말 본인의 인생을 편안하고 행복하게 해줄 거라 생각하는 걸까요.

100엔 짜리 물건 들고 해외 가서 일본의 우수함(?)을 알리려는 발상이나..

뭐든 일본대단해를 외쳐대는 방송들

100% 외국인 반응을 더빙함

케이팝이 잘 나가는 건 다 국책 덕분이다.

일명 '쿨재팬 전략'이라는 국책으로 돈을 쏟아 부은 건 정작 일본

마치 관음하듯 작은 창에서 패널의 표정을
보여주는 것도 전부 의도된 거라 생각해요.

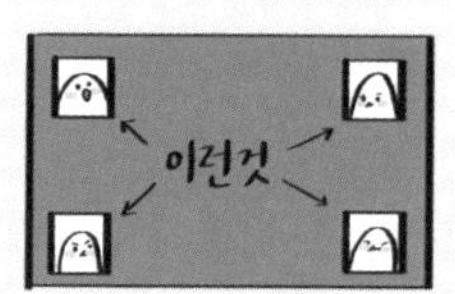

작은 창으로 패널의 표정, 말을 접해버리면,
보는 이의 생각에 영향을 끼친다는 게
제 생각이에요.

생활 곳곳에 배어 있는 이런 문화
저만 불편한 걸까요.

자국의 사건, 사고보다 한국 뉴스에 지나친
관심을 갖는 이유는 뭘까요?

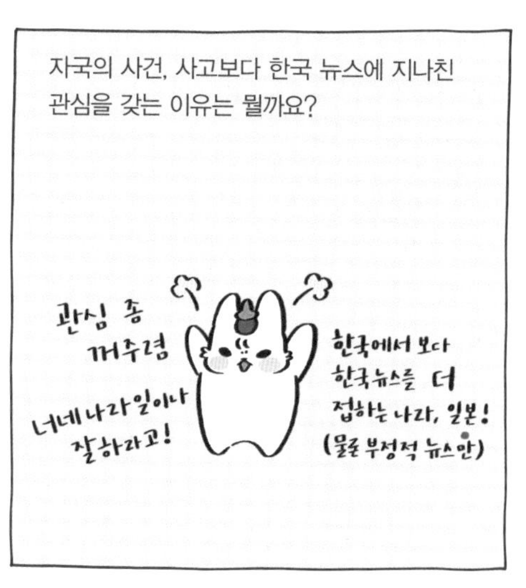

자국을 자랑스러워하는
애국심을 문제 삼는 게 아니에요.
하지만 남을 깎아내리고 비하하며
느끼는 자기 만족을 '애국심'이라고
부를 수 있는지 의문이에요.

안 보는 게 정신 건강에 좋은 일부 언론들.
기분 좋게 볼 수 있는 날은 과연 올까요?

Episode 08

스토커, 폭행 그리고 혐한

일본에서 개인 레슨 방식으로 한국어를 가르치고 있었어요. 모두 새 마음으로 시작하는 신년, 저도 조금 바쁘게 지내고 있었죠.

キム先生 (김선생님) 한국어 강좌 신청 들어왔습니다.

엇, 남자긴 한데 괜찮겠지?

그리고 도착한 '히라카타시'는 집에서 조금 거리가 있기는 했지만, 레슨을 하기로 결정했어요.

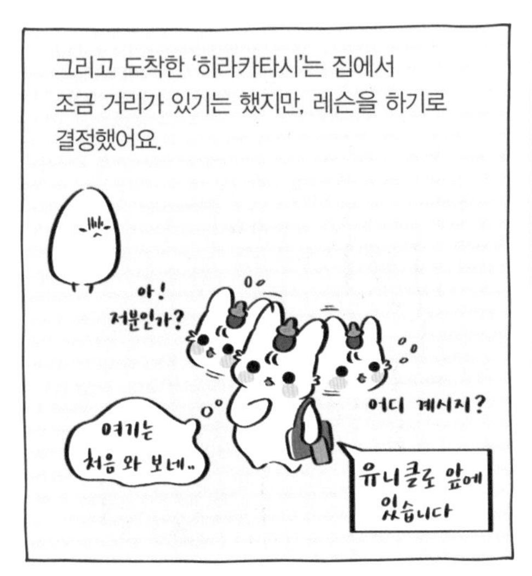

그 사람의 첫인상은 굉장히 소극적인 느낌이었어요.

알 수 없는 공포감을 느꼈던 저는 한국어 강좌 사이트 담당자에게 이 사람과는 할 수 없겠다는 메일을 보냈고, 먼 길을 돌아 집으로 왔어요.

돌아가자.. 뭔가 찝찝해..

저분과는 조금 맞지 않는 것 같아서..

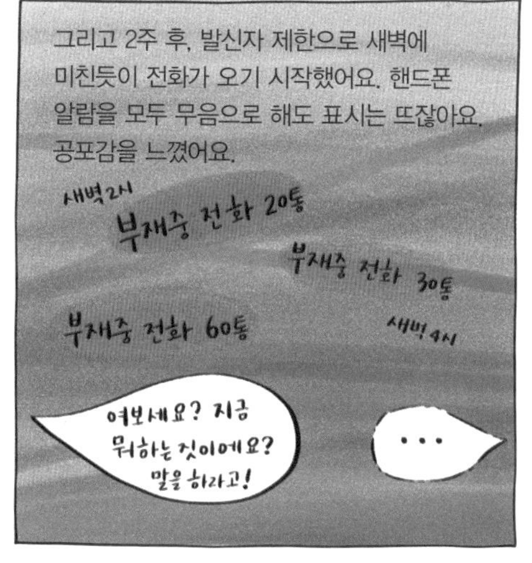

새벽 2시에서 4시를 노려 전화가 걸려왔고, 저의 스트레스는 최고치에 달했죠. '발신자 번호제한'으로 걸려오는 번호를 차단해도 기록은 남았기에 결국 핸드폰을 바꿨어요.

이제 연락 안 오겠지..
짜증나..
내가 왜 위약금까지 내면서 이래야 해!?
연락처 이동도 안해놨는데..

그렇게 안심하고 지낸 지 얼마 되지 않아 새로운 레슨이 들어왔어요. 하지만 서로 연락처를 주고받은 후, 상대방이 돌연 잠수를 타버렸어요.

다시 시작된 장난 전화, 전보다 더 악질이었어요.

거의 1년을 시달린 저는, 다른 날도 아니고 제 생일에 포리와 경찰서에 갔어요.

저희는 어떤 방에 들어가게 되었고, 신입
여경분과 이야기를 나눴어요. 여경분이라
안심이 된 걸까요. 자초지종을 이야기하다
보니 눈물이 멈추지 않았어요.
제 이름으로 이상한 짓을 해요
너무 무서워요
집에 올까 두렵고..

일단.. 제가 상사와 이야기를 하고 올게요.
휴지
휴지 쓰셔도 괜찮아요.

그래서 신고 절차가 순조롭게 진행되고 있다고
생각했어요. 그 소리를 듣기 전까지는요.
뭐!?
분해.. 그래도 이제 잡히겠나?
울지 마! 이제 다 괜찮을거야

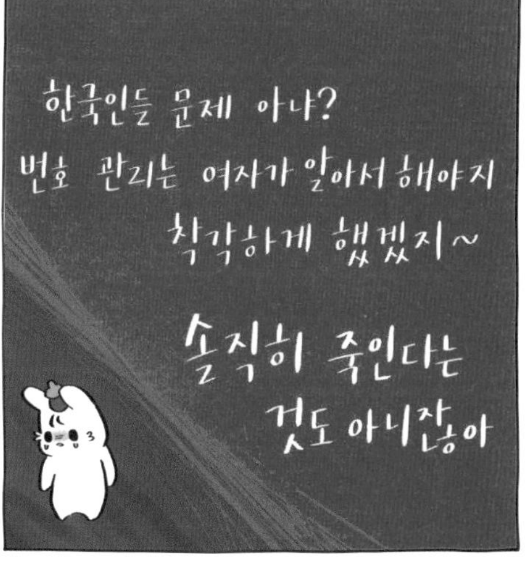
한국인들 문제 아냐?
번호 관리는 여자가 알아서 해야지
착각하게 했겠지~
솔직히 죽인다는 것도 아니잖아

다시 돌아온 신입경찰은 어렵게 입을 열었어요.
저도 돕고 싶은데
물증이 없어서
음성으로 토리님을
지칭해야 증거도
되거든요..
얘를
죽인다고 해야
경찰이 움직인단 거죠?
포리야..
그냥 가자

그냥 오지 말걸..
기분만 잡쳤어
하..
아.. 저기

저.. 도움이 안 돼서
죄송해요..
녹음 꼭 하시고
페이스북에 기록도
해 두세요..

아.. 네..
조언 감사해요.
그래, 이 사람이 무슨 잘못이 있겠어
여기서 가장 사람다운 사람인걸

웃는 건지 우는 건지 모를 어색한 표정으로
경찰서를 나오니 비가 내리고 있었어요
핸드폰 번호.. 바꾸러 갈까?
그래.. 몇번바꾸는 건지..

핸드폰 번호를 또 바꾸고, 사람들과의 교류가
좋아 시작한 한국어 강좌도 기존 학생을
제외하고는 전부 그만뒀어요.
< 일본친구(4)
나폰 바꿈
또? 왜?
아.. 전에 말한 스토커때문에..

< 일본친구(4)
아 근데 그거 다 네가 귀여워서 그래~
걔도 여자친구 만들고 싶어서 그런거 아냐?
너무 민감하게 받아 들이지마~

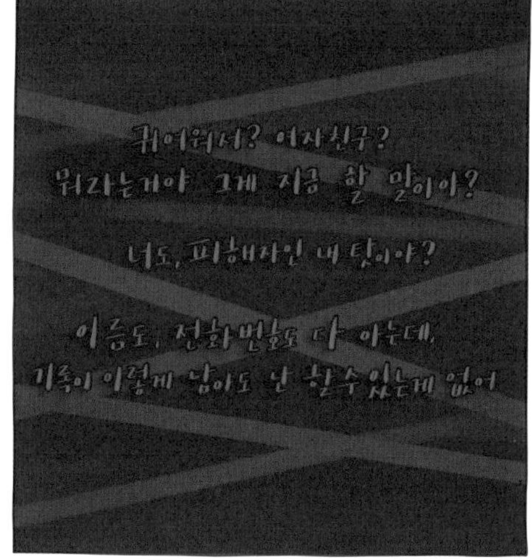
귀여워서? 여자친구?
뭐라는거야 그게 지금 할 말이야?
너도, 피해자인 내 탓이야?
이름도, 전화번호도 다 아는데,
기록이 이렇게 남아도 난 할수있는게 없어

내가 느낀 공포를
모른다면 가볍게
이야기하지 마

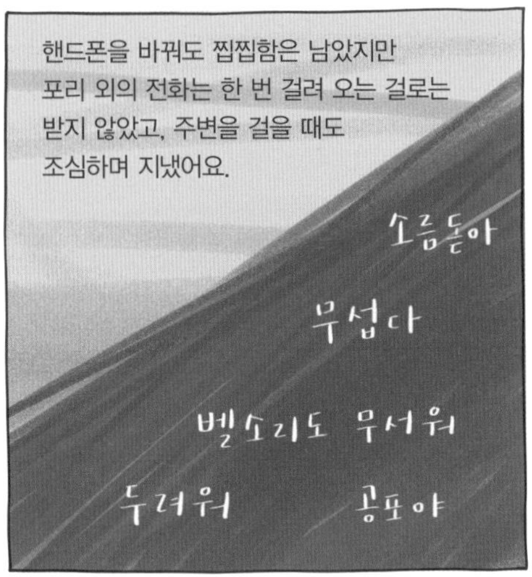
핸드폰을 바꿔도 찝찝함은 남았지만
포리 외의 전화는 한 번 걸려 오는 걸로는
받지 않았고, 주변을 걸을 때도
조심하며 지냈어요.
소름돋아
무섭다
벨소리도 무서워
두려워
공포야

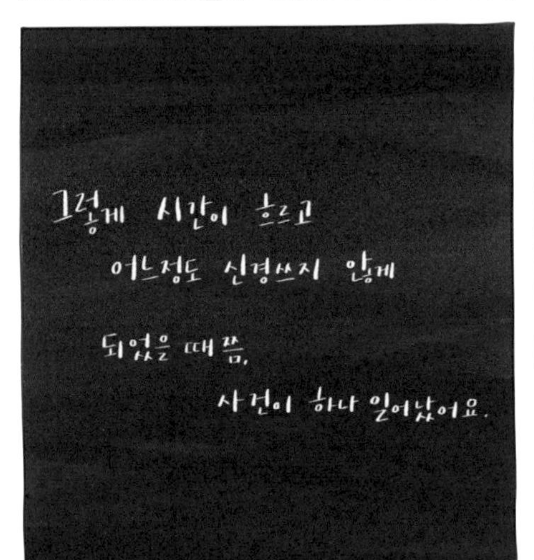
그렇게 시간이 흐르고
어느정도 신경쓰지 않게
되었을 때쯤,
사건이 하나 일어났어요.

그 사건이 일어난 건 평일 금요일 대낮,
JR 오사카역 앞 횡단보도였어요. 디자인
학교에서 강사로 일하게 됐는데, 수업재료를
사러 나갔던 날이에요.
빨리 다녀오자

그날도 어김없이 JR역 앞 횡단보도는 많은 사람들로 붐볐어요.

왼쪽 눈과 뺨을 가격당해 순간적으로 아무것도 보이지 않았고, 입안에서는 피 맛이 났어요.

정말 무서웠어요
잡은 후엔 어쩌지?
칼에 찔리면?
아님 더 심하게
맞으면?

정말 무서웠어요
날 도와주지도
않을 거면서
쳐다보는 당신들이

떨리는 손으로 포리에게 전화를 걸었어요
나, 폭행당했어
포리야, 너무너무 힘들다.
뭐!? 괜찮아?

괜찮냐는 그 말에 사람으로 붐비는 JR 오사카역에서 소리 지르며 울었어요.
너무 분해!
화나, 아무것도
못한 내가 너무
바보같아...
힘들어 정말..

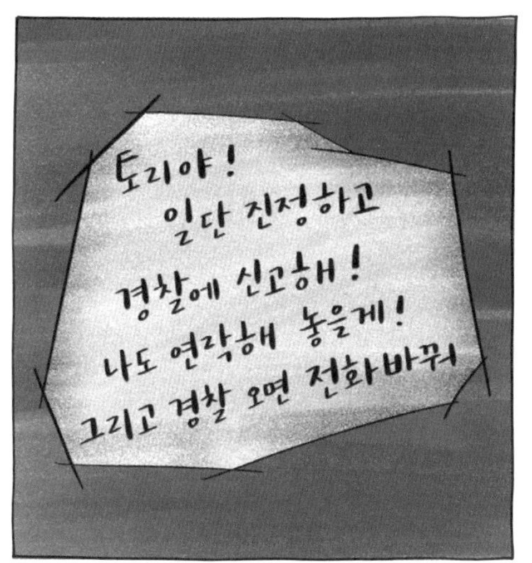
토리야!
일단 진정하고
경찰에 신고해!
나도 연락해 놓을게!
그리고 경찰 오면 전화바꿔

110번으로 전화를 걸어 경찰을 불렀어요.
포리의 전화를 받은 경찰은 무언가를 적었고,
다른 경찰들은 저에게 무슨 일이 있었는지
물었어요.

다시 만날까 두려워 근무지인
나카자키쵸역까지 같이 동행해줄 수 있는지
물었지만
여기서 도보 8분거리에
근무지가 있는데
동행해주실수
있으세요?
무서워서..
저희 관할이
아니라서
무리예요.

근무지로 돌아오니 얼굴이 빨갛게 부은 절
보고 모두 놀란 눈치였어요. 부장님의 배려로
아무도 오지 않는 교실에서 생각을 할 수
있었어요.
왜..
한국인이라서?
여자라서?

그리고 퇴근한 포리와 함께 경찰서로 찾아갔어요. 삭막한 공기, 어두운 복도 조명, 차가운 색의 벽과 문… 일본에 와서 두 번째로 찾은 경찰서.

아,, 두번째 경찰서 방문,
두번째 느끼는 배신감, 절망감
당신들은 누굴 위해 존재하는거야?
결국, 이번 사건도 똑같아
아무것도 해결된 게 없는데
나만 괴로워.. 기분엿같다

제가 할 수 있는 거라고는 혹시 모를 상황에 대비해 기록해두는 일뿐이었어요. 기록이 다른 일을 불러오리란 걸 까맣게 모른 채로.

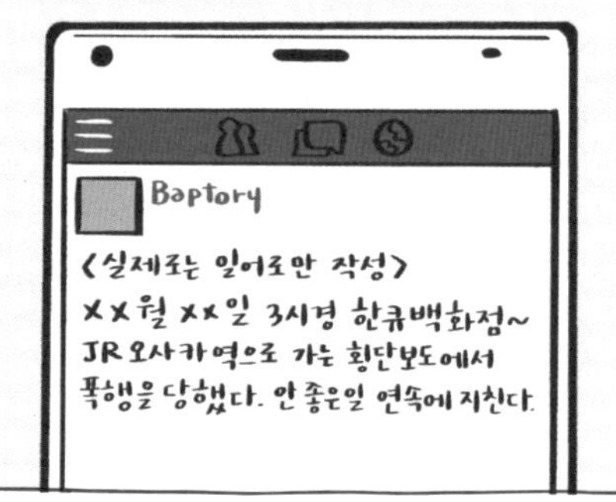

이 일이 있고 아무데도 가고 싶지 않았지만 선약이 있었고, 기분 전환도 할 겸 약속 장소로 나갔어요. 그러다 페이스북에 제가 올린 글 이야기가 나왔어요.

그날 사건을 간략하게 설명하고, 스토커 일도 있었기에 너무 무섭고 화가 나서 '증거용'으로 페이스북에 기록을 남겼다고 얘기했죠.

일본에 좋은 사람이 있다 해서
내가 당한일들이 없어지는 게
아니잖아. 내가 화나는게
한국인이라서야?
그 말을 지금 괴로워하는 내 앞에서
꼭 해야 했어? 친구잖아..
친구였잖아... 믿었는데 너무하잖아

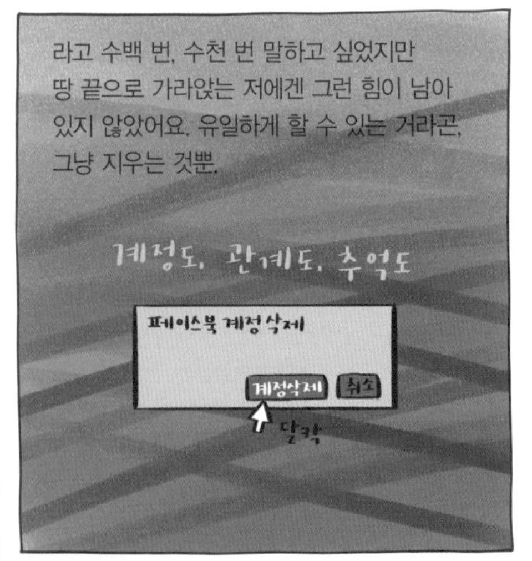

매일 원인을 알 수 없는 두통과 무기력, 불면증에 시달리다 보니 정신적으로도 육체적으로도 지쳐갔어요. 그러다 출산을 앞둔 친구에게 날아온 반가운 메시지 한 통.

마음 맞는 친구들과의 약속은 조금은 긍정적인 기분을 북돋아줬고, 일본에서 조금 더 힘내보자고 다짐하게 해주었죠.

전 출근을 하기 위해 지하철에 탔고, 스마트폰으로 한국 포털의 뉴스를 보며 앉아 있었어요.

한데 중앙선 벤텐쵸역에서 어떤 중년 여성이 옆에 앉았고, 조금 불쾌할 정도로 제 핸드폰 화면을 엿보고 있더라고요.

옆에 앉은 여성은 무슨 악취라도 맡았는지
'냄새나, 제기랄'이란 말을 했어요.
그리고 혼마치 역에 도착하자마자
냄새나 제길
?
아무 냄새도 안나는데
왜저래

너 말야
냄새난다고
짜증나
제길
한국인주제에
한국인 냄새나

어? 뭐라는 거야
나보고 지금
한국인이라고
냄새 난다는 거?

울지마
여기 내 편 절대없어
뭐해 저사람 가잖아
울지마
이럴 때 어떻게 할지 연습했는데

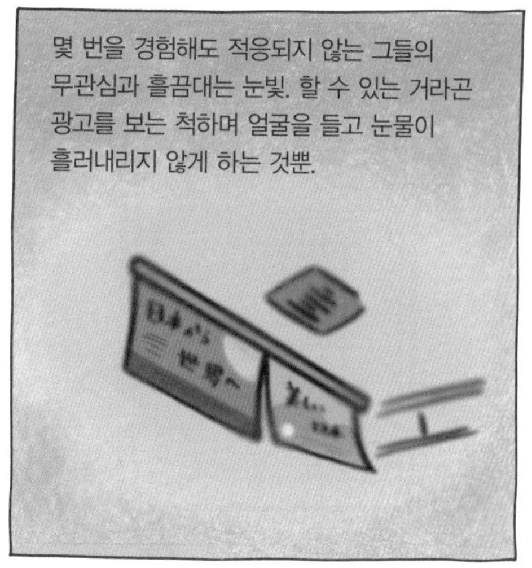

왜 너같은 인간한테
그런 말 들을 이유 없다고
말 못한걸까..
네 입만큼 더러울까

머리채라도 잡아볼걸

아냐, 작정하고 말하고
바로 내렸는데, 내가 뭘 어떻게
했겠어, 그래.. 그런 거야

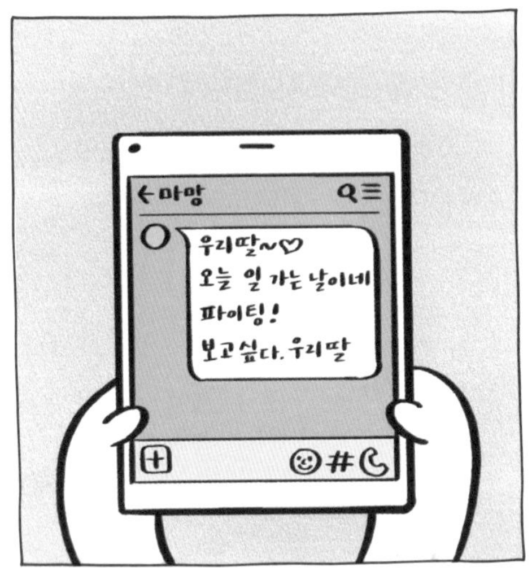
←마망
우리딸~♡
오늘 일 가는 날이네
파이팅!
보고싶다. 우리딸

나쁜 일이 너무
연속적으로 와서
버틸힘도 없어
엄마
엄마
얼마나 더 이런일이 일어날까
한국가고 싶어
일본이 싫어
좋아서 온 건데
너무 지쳐
엄마
힘들어
혐한은 뉴스에서만
보는 거라 생각했어
방관자들도 똑같아

이곳에서 나는 분명 존재하지만

존재하지 않는 것처럼

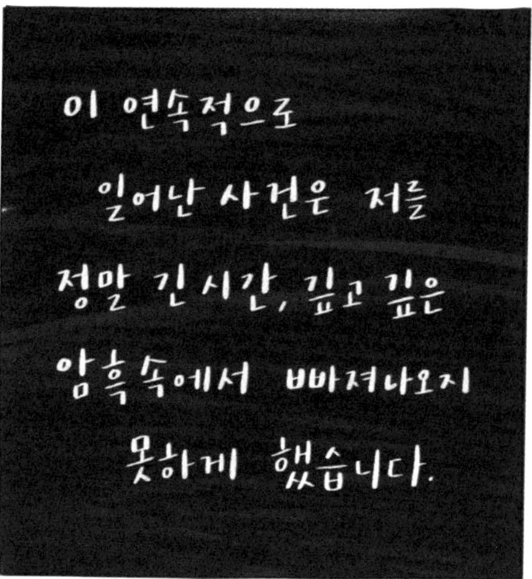

그날 이후로 자다가도 발작을 하기 일쑤였고, 화를 주체하지 못해서 새벽에 소리도 질렀어요. 잘못인 걸 알면서도 분노 표출의 대상은 늘 옆에 있어주는 포리였죠.

생각할수록 분해!
아아악
한국 갈래
일본은 오래 살수록 정이안가
아아
지금너랑일본어로 말하는것도 싫어

일이 있는 날은 싫어도 가야했기에 몸을 움직였지만 그 외 시간은 누구도 만나지 않았어요. 어떤 날은 이상할 만큼 잠만 자고, 어떤 날은 아예 잘 수 없었어요.

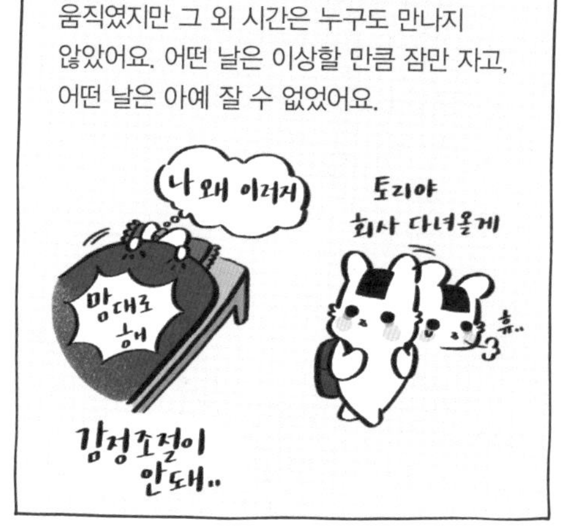

그리고 어느 날, 웬일로 포리가 저보다 먼저 집에 와서 저를 반겨주었어요. 분명 일이 많을 때였는데….

다녀왔어

어서와
밥해쏘
가치먹쟈!

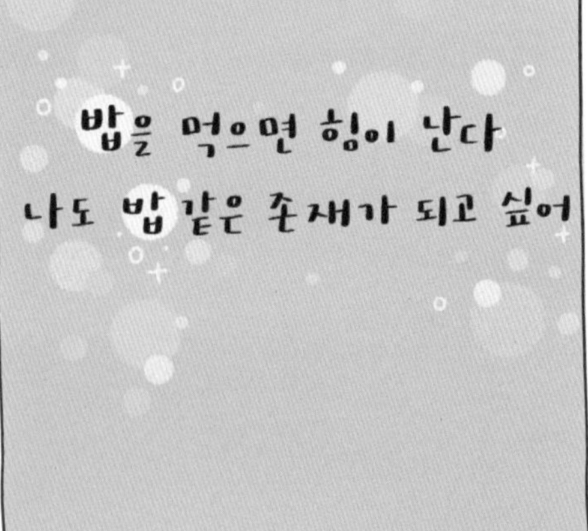

나, 기록해볼래.

그때의 내 감정, 내 기분

누가 알아주지 않아도 괜찮아

나를 위해 전부 기록해볼래

내가 놓치고 있던 이런 소중한

일상 이야기도. 내 생일부터 1년간!

그럼 뭔가 많이 달라질 것 같아.

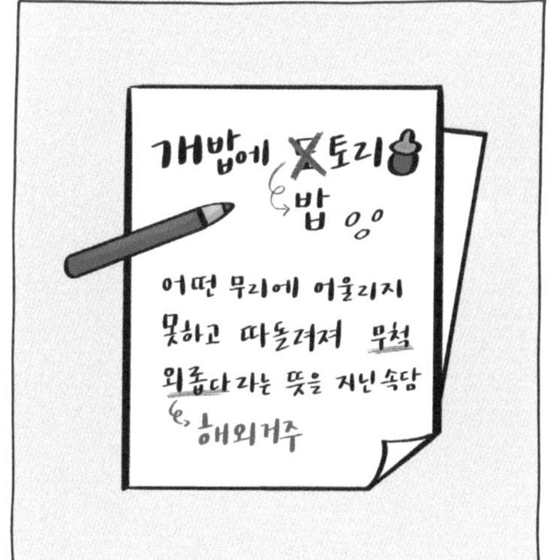

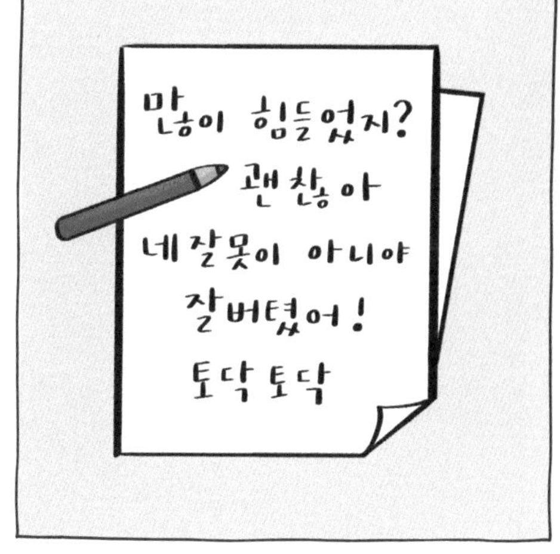

스토커, 폭행 그리고 혐한

이 단어는 유학을 결정하고 일본에 오게 되었을 때 제 계획에는 존재하지 않았던, 아니 행여 상상도 못해본 단어였어요. 뉴스에서나 보는, 저와는 상관이 없는 얘기라고 생각했거든요. 누가 알았겠어요. 이런 괴로운 일들이 연달아 저에게 일어날 줄.

스토커 사건 이후 저는 한동안 밖에 나가는 게 너무 두려웠고, 핸드폰을 2번 바꾸면서 연락처에는 몇 명밖에 남지 않게 되었어요. 지금도 누가 밖에서 문을 두드리거나 초인종을 연달아 울리면 공포심에 심장박동이 미친 듯이 뛰어요. 사건에 대한 경찰의 미적지근한 대응에 크게 실망했고, 통화 내용이 녹음되지 않는 아이폰은 일본에서는 절대 쓰지 말아야겠다는 생각도 하게 됐죠.

그리고 다시 조금 살 만해졌을 때, 한낮의 대로에서 일어난 폭행 사건. 맞은 것도 정말 아팠지만, 비명을 질렀음에도 저를 본체만체하는 주변의 시선이 저를 더 아프게 했어요. 누구 하나 괜찮냐고, 걸을 수 있겠냐고 해주지 않더군요. 이때도 포리와 함께 경찰서로 갔지만 돌아온 대응은 '지금 바쁘니까 나중에 다시 와라'. 처음 든 생각은 '내가 진짜 죽어버리면 이 경찰들, 그때는 움직여 줄까?' 이런 마음이 사라졌으면 좋았겠지만, 불신은 점점 강하게 뿌리를 내리고 가지를 뻗쳐갔어요.

한동안 한국 손님에게 와사비 테러(?)를 한 초밥집 이야기로 뉴스가 떠들썩했던 적이 있었어요. 저도 보면서 분노했고, '만약 이런 일을 당하면 이렇게 대응해줘야지!'라고 생각을 다잡곤 했는데, 막상 혐한 행위를 당하고 보니 입이 떨어지지 않고 그저 멍해졌어요. 어이 없고 분한 나머지 뇌의 사고가 멈춰버린 느낌.

인파로 북적대는 환승역에서 '한국인 냄새 나!!'라고 말하고 도망치듯 내리던 사람. 그리고 절 구경난 듯 곁눈질로 쳐다보던 일본 사람들. 방관자의 눈빛에는 익숙해졌다 생각했고, 앞에 얘기한 경험들로 단단해졌다고 믿었지만 오히려 반대였어요. 저는 정말 긴 시간 무너졌고 귀에 일본어가 들리는 것도, 일본에서 걸어 다니는 것도, 저의 이 기분을 일본어로 설명해야 하는 것 자체도 너무나 싫었어요.

일본 친구들에게 용기 내어 말해봐도 '네가 한국인이라서 화를 내는 것 같다', '네가 귀여워서 스토킹을 당하는 거다', '일본에는 좋은 사람도 많다.', '네가 운이 나빴다'는 반응 일색으로, 제 마음에 공감해주는 친구를 찾기는 어려웠어요. 좋은 사람이 많다고 해서 제가 당한 일이 없던 일이 되는 건 아니잖아요.

그리고 제가 운이 나빠서 이런 일이 일어난 것도 아니에요. 가해자가 있었기에 피해자가 된 거죠. 그런데도 피해의 원인을 저에게서 찾는 듯한 말은 비수가 되어 제 마음을 갈기갈기 찢어놓았어요.

Episode 09

차별에 대한 온도

저.. 무슨 말을 하고 싶은지는 알겠는데, 지금 힘들다고 하는 내 앞에서 꼭 그래야 해?
솔직히 그렇잖아

차별 자체를 없애는 건 어려워
내 말은, 일본만 욕하는 건 아니라고 봐
차별하는 데는 다 이유가 있겠지.
옛날부터 재일교포 때문에 문제도..

넌 외국인도, 재일교포도 아니니 절대 이 기분 모르겠지.
알려고 하지도 않겠지만,
재일교포가 뭐.. 그것도 차별받던 이란다

타인이 날 100% 이해해주는 건 불가능이란 건 알지만... 가끔 이런 온도차를 느낄 때 속상하다...

차별은 없애기 어려워

해외에서 살아보지 않은 일본인에게 한국인으로서 일본에 살면서 겪는 어려움을 공감받기란 쉽지 않더군요. '차별이 100% 없는 나라'를 만들기 어려운 거야 저도 잘 알죠. 하지만 이걸 받아들이는 마음가짐이 결국 큰 차이를 만드는 게 아닐까요. 어렵다는 걸 알면서도 시도해보고 노력하려는 사람들은 발전할 테지만, 애초부터 차별을 없애는 건 무리라며 포기하는 사람들은 도태되고, 막상 자신들이 차별받아도 부당하다고 말하지 못하는 삶을 살 거예요. 환부를 치료하지 않고 가리기만 하면 계속 곪아가듯이.

차별당한 충격으로 학교도 잠시 쉬고 일본에서 사는 게 너무 힘들다고 고백하는 제 앞에서 굳이 저런 말을 해야 할까요. 일본인과 대화할 때 '이 사람은 공감 능력이 결여돼 있다'고 느낀 일이 종종 있어요. 공감 능력이란 다른 사람의 처지에서 생각하고 배려할 수 있는 능력이자 의지잖아요. 늘 남을 배려해야 한다고 가르친다는 일본의 실상이 이렇다니, 참 이해하기 힘든 일이죠.

산조역, 교토

3장

일본에 사니까

Episode 01

잘라내도 괜찮아

이 말의 의미를 알게 되기까지 그렇게 오랜 시간이 걸리진 않았어요. 저는 교환학생으로 오면서 장학금을 받게 되었어요.

그런데 같이 가줬던 언니가 그 소식을 저와 같이 온 다른 과 아이에게 이야기해버렸고

학사경고 받은 사람한테 왜 이런 소리를 들어야 하는거지?
장학금도 많던데 나눠써~
아~ 진짜~ 누구는 개 좋겠다 교수님한테 예쁨받아서!
넌 학점 몇인데?
뭐야 ㅋㅋ
저요? 학고도 있는데요 ㅋㅋㅋ
아~ 돈도 없는데~
난 내 수면 시간 줄여가며 관리한 건데

그런 식으로 제가 꼭 장학금을 나눠 써야 하는 분위기가 됐고, 모든 한국인과 친하게 지내야 한다는 생각은 적잖은 스트레스로 다가왔어요.

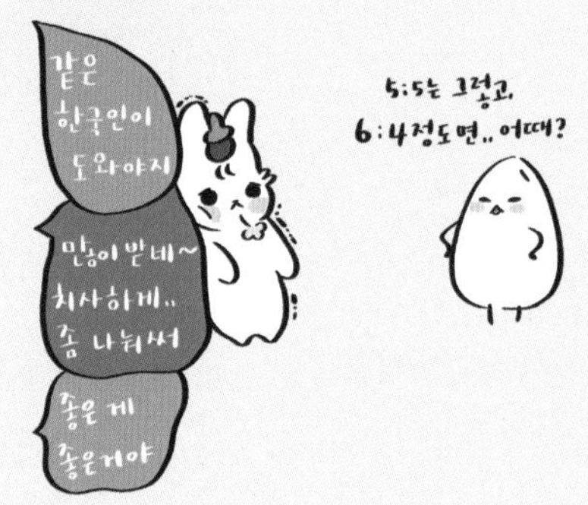

한국인이라 해도 한국에서는 친해질 생각도 하지 않았을 부류의 사람과 단지 외국에서 만났다는 이유로 어울려야 하는 건 저에겐 너무 힘들었어요.

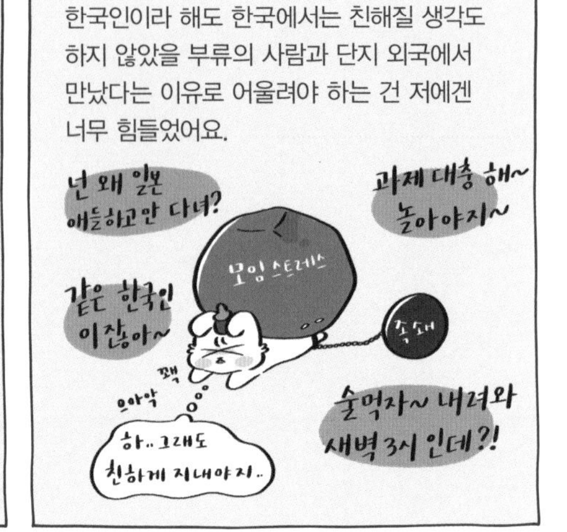

그러던 어느 날, 일본 친구가 '오사카'에 가자고 해서 약속을 잡았어요.

결국 대답이 없어서 일본 친구 두 명과 오사카에 다녀왔어요. 그때까지도 설마 설마 했어요.

처음 겪는 인간관계 트러블. 이유도 모르고 미움을 받는 기분은 한마디로 설명하기 어렵지만, 커다란 망치로 머리를 가격당하고, 수십개의 바늘로 심장을 찌르는 그런 기분이었어요.

싫어하는데도 커피맛쿠키를
산 게 잘못일까?
부서지기 쉬운 쿠키여서 버티질 못한걸까
너무 튀는색이라 그런걸까?
아무리 생각해도 쿠키가 부서진 이유를 모르겠다.

facebook
xx언니 → 그아이
지만가나 ㅋㅋㅋㅋ
우리도 가자
언니도 문자옴? ㅋㅋ
우리 그날 고베가요 ㅋㅋㅋㅋ
정말 모르겠다. 쿠키도 관계도 산산조각난 이유를, 난 부순 사람이 아니니까.

원래도 혼자서 잘 다니는 성격이라 마주치지 않는 이상 문제는 없었어요. 그러던 어느 날 같이 왔던 그 애가 메신저로 건네온 말이 가관이었죠.
야, 너 곧 장학금들어오는날 아냐? 또 언제 줄래?
그 언니 옆에서 같이 비웃던 주제에 뭔 소리야
이 상황에 돈을 달라고 해??

R R R
모시 모시
난데, 내가 왜 줘야해? 너 그 언니랑 나 지나갈 때마다 투명인간 취급하고 토 할 거 같다면서. 나 같으면 쪽팔려서 이런 연락 안할텐데~ 두번다시 연락하지마라 너 줄 돈 같은거 없어.

후.. 그래 ^^
뭘 착하게 살아.. 참나
나답게 그냥 해야할말은 하자
3만엔씩 3개월
나눠 쓴 장학금은 아깝지만, 인생경험 했다치지 뭐

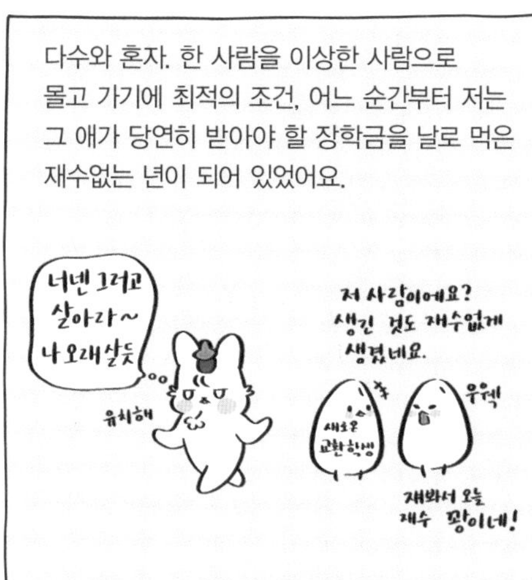
다수와 혼자. 한 사람을 이상한 사람으로 몰고 가기에 최적의 조건, 어느 순간부터 저는 그 애가 당연히 받아야 할 장학금을 날로 먹은 재수없는 년이 되어 있었어요.
너넨 그러고 살아라~ 나 오래살듯
유치해
저 사람이에요? 생긴 것도 재수없게 생겼네요.
새로운 교환학생
우웩
재봐서 오늘 재수 꽝이네!

조금 불편하고 부담이었던 건 '한국인이니까 친하겠지?'라고 생각하는 주변 일본인들의 시선이었네요.
다른나라 애들은 서로 친하던데
어제 유학생 모임에 왜 안 왔니? 한국인 친구랑 안 친해?
왜 너는 한국인 모임에 잘 안 나가니?

그 사람들을 마주치면 심장이 빠르게 뛰고 심호흡하는 법을 잊곤 했지만, 그래도 평범한 일상을 보내고 있었어요. 그러던 어느 날 같은 제미였던 언니가 말을 걸어 왔어요.
나도 걔네 알아, 뒤에서 사람 우습게 보고, 별로야. 그런 애들
이 언니도 나랑 비슷한건가?

같은 처지의 사람인가 했지만, 종교에 지나치게 빠진 사람이었어요.
일본은 하나님을 믿지않아서 큰일날 거야
난 모두를 위해 기도해. 나는 꼭 천국에 갈 거야
*개인의 의견입니다

언니, 저 신경써주시는 건 감사한데, 저는 제 자신을 믿어요. 종교는 절대로 남이 강요할 수 없다고 생각하고요.
늙는다 늙어.. 여기가 지옥이여
야! 너 그러다 지옥간다고!

그리고 2010년 10월 25일 집에서 전화가 한 통 왔어요. 그날은 다롱이의 생일이었어요.
언니이... ...... 뭐해?
야 뭐야.. 너 이상해 뭐야.. 왜..
언니..이...... ...다롱이..가..많..이..아파.. ...마..마음의 준비하래

하필 제가 일본에 왔을 때 사랑하는 우리 강아지 다롱이가 먼저 하늘로 소풍을 갔고, 전 한국에 다녀왔어요.
결국 마지막 못지켰어.. 하늘에서는 즐겁기를...
야!
거의 한동안 정신 놓고 다님

야! 넌 눈앞의 사람이 죽어가는데 그딴 개새끼 때문에 한국에 가고 싶냐
개새끼들은 영혼이 없어서 천국에 못가!!

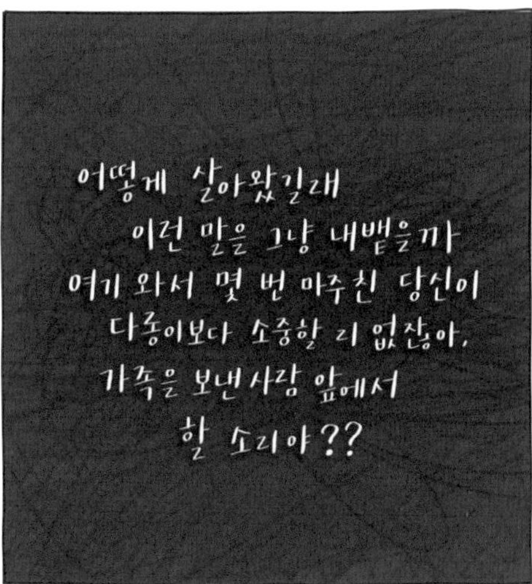
어떻게 살아왔길래
이런 말을 그냥 내뱉을까
여기 와서 몇 번 마주친 당신이
다롱이보다 소중할 리 없잖아,
가족을 보낸 사람 앞에서
할 소리야??

언니! 제가 만만해요?
그만 지껄여요.
정신 나갔어요?
아니, 개새끼는 영혼이 없다고!
죽으면 지옥가!
욕나와 화난디

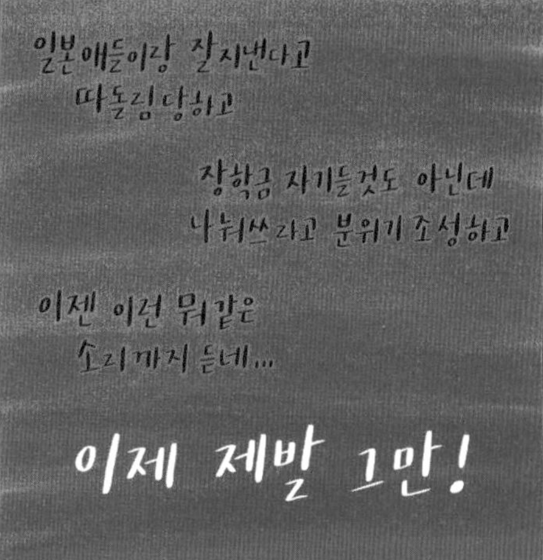
일본애들이랑 잘지낸다고
따돌림당하고
장학금 자기들것도 아닌데
나눠쓰라고 분위기 조성하고
이젠 이런 뭐같은
소리까지 듣네...
이제 제발 그만!

좋은 사람도 있어. 하지만 그 좋은 사람을
만나기 위해 감당해야 할 게 너무 많아.
난 그냥 문을 닫을래.
토리의 마음
외부인 출입금지

그렇게 한 번 닫힌 문은 쉽게 열리지
않았아요.
더이상
만나기 싫어
싫다고!

이런 저를 비난하는 목소리도 많이 들렸어요.
재야~ 재
우리들이랑
안 만난다는 애~
참나~
재수없다..
우리가 뭘 어쩐다고

그중에는 저랑 성격이 맞는 사람도 있었겠지만,
그 낮은 확률을 위해 다시 상처받는 건
너무 싫었어요.
그래.. 어차피 일본에 공부하러
온거니까, 사적으로 엮이지
않은 사람하고만 잘 지내면
되는거지...

하지만 당담교수가 한국인 교환학생이
온다며 절 튜터로 추천해버렸어요.
아.. 진짜! 하기 싫다니까.. 거절했는데 추천하시다니
튜터

제 담당은 한 명이었지만, 다른 일본인
튜터들이 일을 안 해서 결국 제가 세 명을
모두 맡아야 했죠.
무책임한 일본 튜터들.. 이러고 돈은 받겠지...

그런데 저 자신이 따돌림을 당해봐서일까요?
세 명 중 한 명이 겉도는 게 느껴졌고,
주도하던 사람은 제 담당 여자아이였어요.
ㅋㅋㅋ
ㅋㅋㅋ
뭐지? 이 분위기

당하는 아이에게서 과거의 제 모습이 보여서
그냥 내버려둘 수 없었어요.
적어도 재한텐 나같은 기억이 없었으면...

그래서 서로 이야기할 자리를 마련했어요.
따돌린 이유를 물었는데
재가 일본 애들 생일을 안 알려줬어요!
???? 응?
그래서 애 투명인간취급하고 지나가면 우웩거리고 그런거야?
이유가 너무유치해…

원인이라 하기엔 너무나도 유치한 변명을 들은 후 그들의 따돌림은 더 심해졌지만, 이유를 알게 된 당사자는 오히려 홀가분해 보였어요.
나도 당해봐서 그 기분 잘알아. 세상 모든사람이 나를 좋아할수는 없더라고. 날 싫어하는 사람은 내가 무슨 짓을 해도 싫어할거야
끄덕
그 일을 계기로 친해짐

지금도 타국에서 한국인들과 맞지 않아 고생하는 사람들에게 물어보고 싶어요.
당신을 힘들게 하는 그 사람, 한국에서 만났어도 친해질 수 있나요?
아니면 한국에 돌아가서도 연락할 거예요?

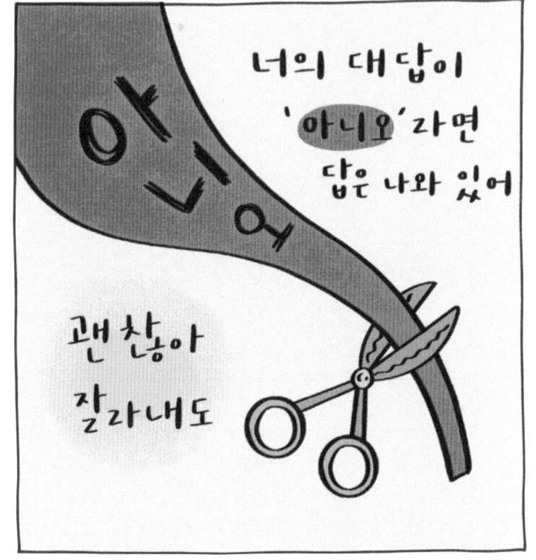
아니오
너의 대답이 '아니오'라면 답은 나와 있어
괜찮아 잘라내도

Episode 02

부탁과 요구

예를 들면 정~말 오랜만에 연락해서 번역을 부탁하는 사람.

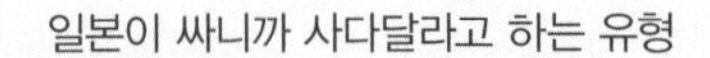

일본이 싸니까 사다달라고 하는 유형

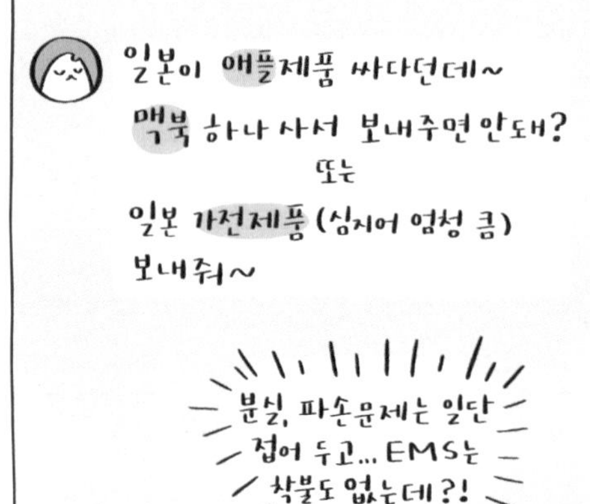

이런 사람도 있었어요.
카톡
나 이번에 오사카 가는데 시간 어때? 만나자~! 아.. 그리고 혹시 나 하루만 신세질 수 있어?
그래~ 하루 정도면 괜찮겠지 이렇게 연락해준것도 고마운거니..
바보같은 생각
그래~

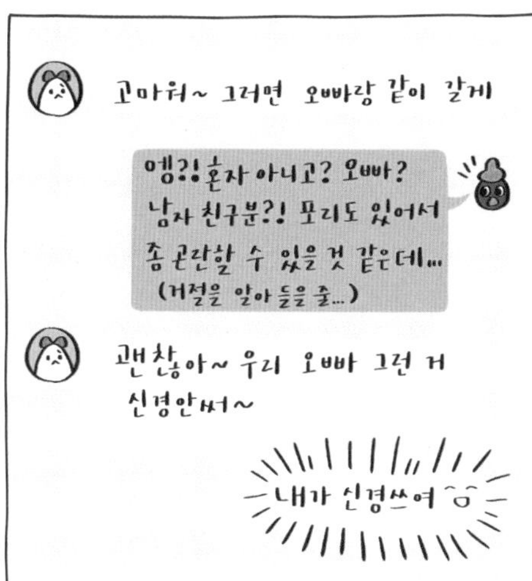
고마워~ 그러면 오빠랑 같이 갈게
엥?! 혼자 아니고? 오빠? 남자 친구분?! 포리도 있어서 좀 곤란할 수 있을 것 같은데... (거절을 알아 들을 줄...)
괜찮아~ 우리 오빠 그런 거 신경안써~
내가 신경쓰여

당시는 '좋은 게 좋은 거다'라고 생각해서 하루 고생하고 재워주기로 했어요. 문제는 그 오빠가 술에 취하면서 발생했죠.
오빠 그만 마시는 게...
취하신거 같은데
같이 베란다 나가서 바람이라도?
건배
그래 밖에 가서 정신 좀 차려

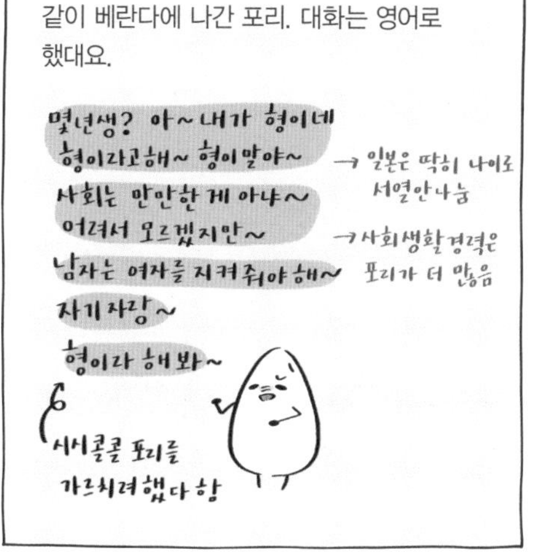
같이 베란다에 나간 포리. 대화는 영어로 했대요.
몇년생? 아~ 내가 형이네 형이라고해~ 형이말야~
→ 일본은 딱히 나이로 서열안나눔
사회는 만만한 게 아냐~ 어려서 모르겠지만~
→ 사회생활 경력은 포리가 더 많음
남자는 여자를 지켜줘야해~
자기 자랑~
형이라 해봐~
시시콜콜 포리를 가르치려했다 함

형이어서 어쩌라고
무례한 사람이네
뭐지?
왜 초면인데
가르치려하지?
불쾌
사회생활도
결혼생활도
내가 알아서
할건데??

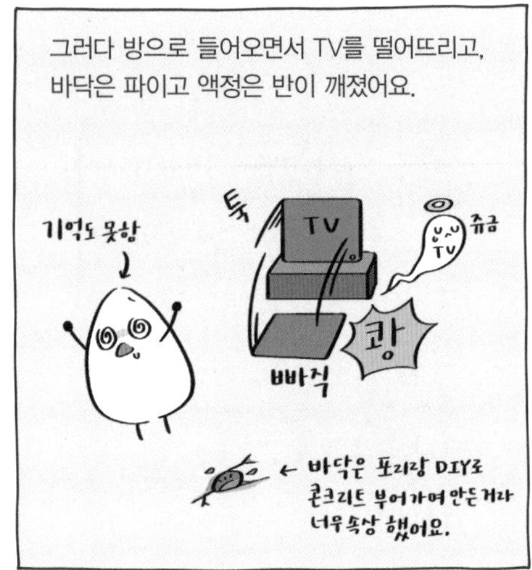
그러다 방으로 들어오면서 TV를 떨어뜨리고,
바닥은 파이고 액정은 반이 깨졌어요.
툭
기억도 못함
TV
쥬금
TV
쾅
빠직
← 바닥은 포리랑 DIY로
콘크리트 부어가며 만든거라
너무속상 했어요.

그 자리에서 TV가 되는지 안 되는지 확인
하는 것도 서로 기분 상할 거 같아 하지
않았어요.
퀴즈쇼
정답은
→
지지직
지직
액정 반이 나가서
도저히 볼수가
없게 됨
버리자
눈 아파
하.. 버리자
버리는데도 돈들고
TV 새로사는 것도...

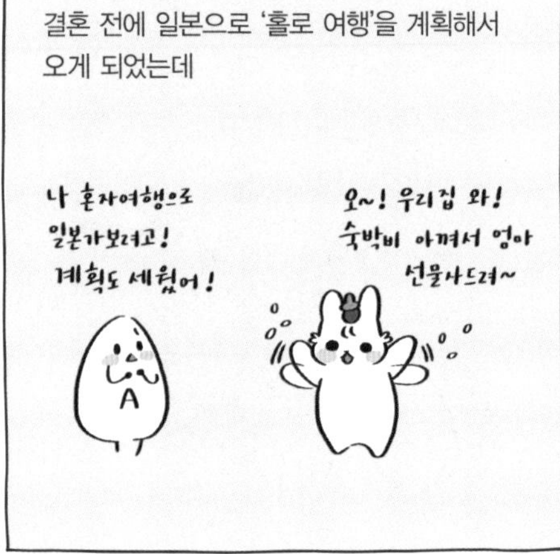
이런 일도 있었어요. 결혼을 앞둔 친구 A가
결혼 전에 일본으로 '홀로 여행'을 계획해서
오게 되었는데
나 혼자여행으로
일본가보려고!
계획도 세웠어!
오~! 우리집 와!
숙박비 아껴서 엄마
선물사드려~
A

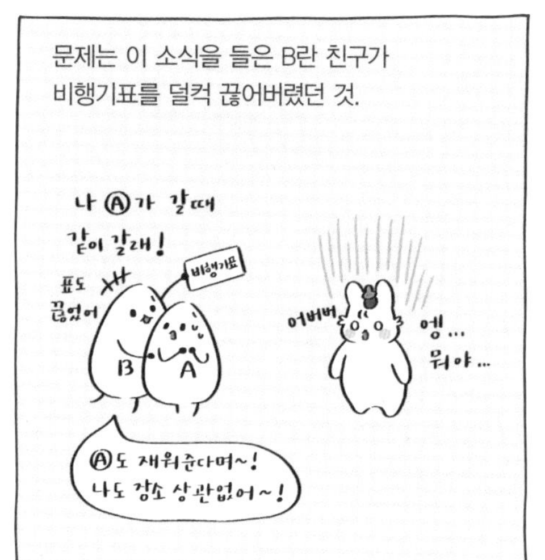
문제는 이 소식을 들은 B란 친구가
비행기표를 덜컥 끊어버렸던 것.
나 Ⓐ가 갈때 같이 갈래!
표도 끊었어
비행기표
어버버
엥... 뭐야...
Ⓐ도 재워준다며~! 나도 장소 상관없어~!

B는 저희 집에 오자마자 본인 캐리어에서
먼지털이를 꺼내 청소를 하기 시작했어요.
야, 내가 너네 오는데 청소도 안했겠어?
불쾌하게 뭐하는거람
근데 더러운데?! 나 더러운데서 못자

나, 화장품 어디에 놔?
나 이거 쓴다?
화장품
포리가 만들어준 뚜껑 여닫는 화장대
그거 뚜껑 여닫는 거니까, 그 옆에 두던가 해
(화장품 놓는데도 준비했어야 해?)

수북
뚜껑위
장난하냐
결국 제가 다 옮겼어요

아! 피곤해!
온 지 2시간도
안된거 같은데
저..
토리야
머리아프다
발수건

이거 발수건 너무
더러운데?
내 발 봐
다시 닦아 그럼
발수건이 더
더럽다니까
뭐 어쩌란거야

집앞 이자카야에서
그 친구Ⓑ는?
어?
A
아~
아~ 귀찮대.
여기 옷에 냄새 밴다고
하니까 싫대

어?! 그거
내 옷이잖아!?
어~
네가 여기 가게
옷에 냄새 밴다며,
그래서 입었는데?
뉘?!
그럼 내 옷은?!

야근으로 택시를 타고 돌아 온 포리.
집은 암흑이었어요.

뭐야... 불도 다 끄고... 핸드폰 꺼져서 연락 못했어

배고픈데... 밥도 못먹겠네 깨울거 같아..

화장실 앞에서 밥을 먹게 한 게 너무
미안해서 펑펑 울었어요.

친구들이 와도 단 한 번도 불평하지 않던
포리가 유일하게 불편하다고, 빨리
가버렸으면 좋겠다고 한 사람들이었죠.

좋은게 좋은거?
그거 (나한테는) 하나도
안 좋은거^^

무서운 건 자신의 이런
행동이 민폐라고는
생각 안 하더라고요.
오히려 다른 사람들
욕하는 거 보고 놀랐어요.

하·하·하

남의 집에 머물때는
최소한의 예의는 지킵시다!

그게 싫으면
돈 내고 호텔을 가!

야, 너 일본 사니까 이 물건 좀 사줘

해외에 나온 지 올해로 10년째, 자연스럽게 인간관계가 정리되는 기적(?)이 일어났네요. 별로 친하지도 않으면서 연락하는 지인부터, 얘가 이런 애였나 싶을 정도로 무리한 요구를 하는 친구들까지. 제가 먼저 생각나서 친구에게 필요한 물건을 사가는 건 오히려 기쁠 뿐 조금도 문제가 안 돼요. 하지만 저는 아무 생각이 없는데 마치 일본에 살면 이런 부탁은 당연히 들어줘야 하는 것처럼 이야기하는 사람들, 참 무례해요. 요즘은 직구도 많이 하고 구매대행도 흔해졌잖아요. 그걸 모를 리도 없을 텐데 말이죠. 게다가 꼭 이런 무리한 부탁을 하는 사람들이 수고비는커녕 물건 값도 제대로 주려 하지 않더라고요. 일본에 살면서 좋은 점 하나는 이런 쓸데없는 인간관계를 정리할 수 있다는 점이에요.

Episode 03

어디에도 속하지 못해

분명 한국도, 일본도 내가 있는 곳인데
어디에도 속하지 못하는 기분이 들어
서글프게 느껴질 때가 있답니다.

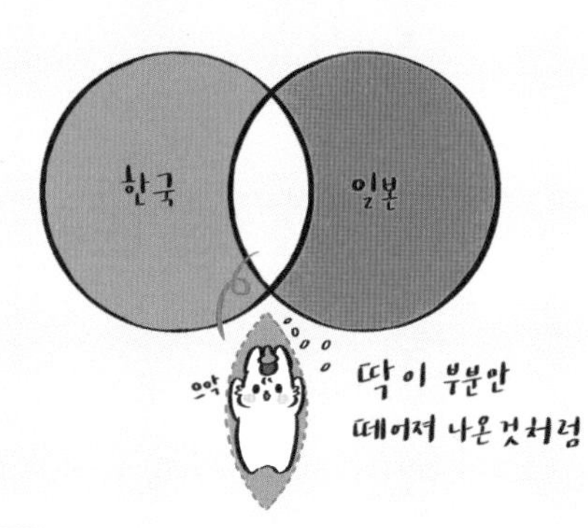

내가 이상한 걸까? 어디에도 못 끼는 것 같아.

'낙동강 오리알'이 된 기분이 들 때면 부정적인
생각, 우울한 생각들도 제멋대로 흘러다녀요.

그래도 흐르고 흐르다 보면 어딘가에는
정착하겠죠? 가끔 서러워지는 해외살이지만,
늘 곁에서 응원해주는 사람과 함께라면!!

어디를 가도 이방인 느낌

한국에서 나와 산 지 오래된 터라 한국의 트렌드 변화를 못 읽어내고, 일본에선 아무리 발버둥쳐도 결국 이방인이라는 느낌을 지울 수 없을 때가 있어요. 이쪽도 저쪽도 낄 수 없는 기분은 간혹 저를 외롭게 만들어요. 한국 친구들은 회사에 다니면서 자기만의 길을 걸어가는 듯하고, 나만 다른 길을 외따로 걷는 기분. 이 길이 제대로 된 길이 아닐지도 모른다는 생각은 점점 두려운 암흑 속으로 저를 밀어내요. 나는 왜 여기에서 이러고 있는 걸까…. 한국에 있었다면 좀 달랐을까….

우울한 기분이 들 때는 억지로 노력하지 않고 흐르는 물에 몸을 맡기듯 감정을 내려놓아요. 슬퍼하고 싶으면 슬픈 영화를 보며 펑펑 울어버리기도 하고요. 그러면 조금은 후련해져요. 남들과 조금 다른 길이면 어때요. 세상에 길은 사람 수만큼 존재하고, 나는 그 길을 유유히 걸으면 되는 건데.

Episode 04

너무 못난 나

일본 와서도 기죽지 않고, 언어가 급속도로 늘게 된 것도 이런 성격 덕분이었어요.

야호

언어능력 급상승

일본에 갓 온 언어바보

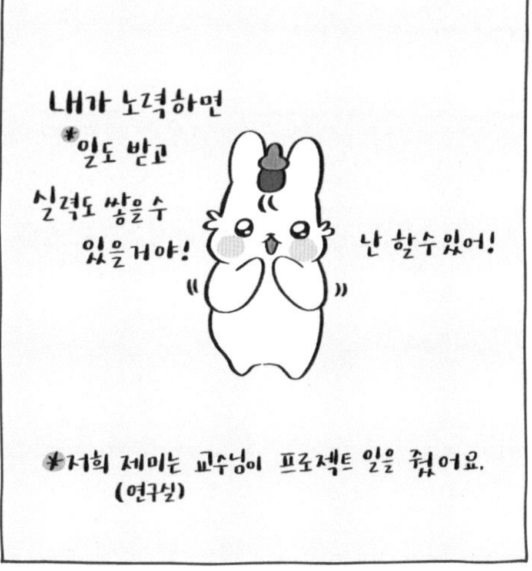

하지만 외국인인데 너무 기고만장했던 걸까요.
주변에서 모두 제가 담당할 것 같다 한 프로젝트
일
내가 아니네..
앗..
수채화 경력 X 그림 싫어함
수채화 경력 O 그림에 소질 O

석사과정을 이수할 때, 인원은 저 포함 4명이었는데, 다른 학생들이 평균 4~7번의 일을 맡는 동안 전 단 한 번만 할 수 있었어요. 그때부터 조금씩 자신감이 꺾여갔어요.
어차피 나한테는 넘어오지도 않을 일
난, 외국인이니까
의욕저하..
우수수 떨어진 자신감 밥풀

자신감이 사라지고 그 자리를 대신 채운 건 바로 두려움.
한심
난 안돼 포기해
나 같은게 할 수 있을까
초라해
내가 뭐라고..
외국인이니 당연해
내가 부족해서 그래

하필 취업 준비 기간과 겹친 시기라 남들의 1/10도 노력하지 않은 채로 그렇게 시간만 보내고 있었어요.
나만.. 제자리 바보같아
이력

간간이 넣은 이력서가 통과되어도 불안한 마음에 시도도 하지 않았고요.
나 같은 게
면접가봤자...
나 진짜
왜이러지..
실은 취업이
하고 싶은게 아닌가?

두려움이 가져오는 불안감과 무기력함은 저를 잠식시키기에 충분했어요.
그래...
난 해봤자
떨어질거야

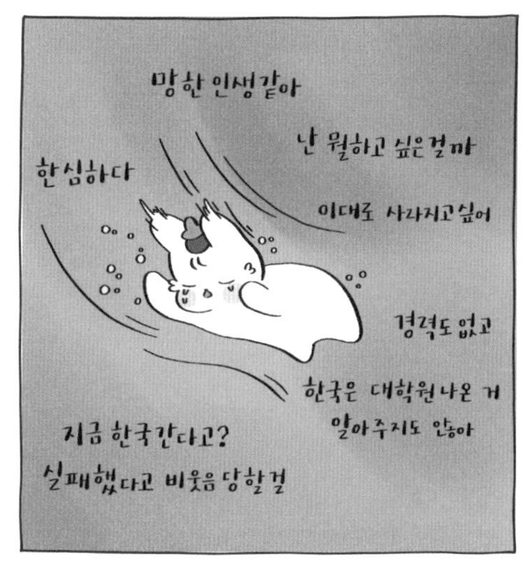
망한 인생같아
난 뭘하고 싶은걸까
한심하다
이대로 사라지고싶어
경력도 없고
한국은 대학원나온 거
알아주지도 않아
지금 한국간다고?
실패했다고 비웃음 당할걸

그러던 저에게 담당 교수가 박사 과정에 진학하면 어떻겠냐고 제안을 해왔고, 저는 그 제안을 덥석 받아들였어요.
박사과정
비자문제도 있고
일단은 가서
생각해보자

하지만 뚜렷한 목적 없이 막연하게 시작한 박사과정은 더더욱 무엇을 해야 할지 모르게 만들었을 뿐.

내 친구들은 이제 경력쌓이는데 난 뭐했지?

박사나와서 내가 과연 교사가 될수 있나?

난 이제 뭘 하면 좋은 걸까

그래도 처음엔 열심히 해보려고 했어요. 일본에서 한국을 알리고 싶었거든요.

1910년 1945년 일제강점기때 '한국의 디자인'에 대한 고찰

광고디자인

역사적 의의

영화포스터 디자인

분명 한국만의 독창성이 있을 거야

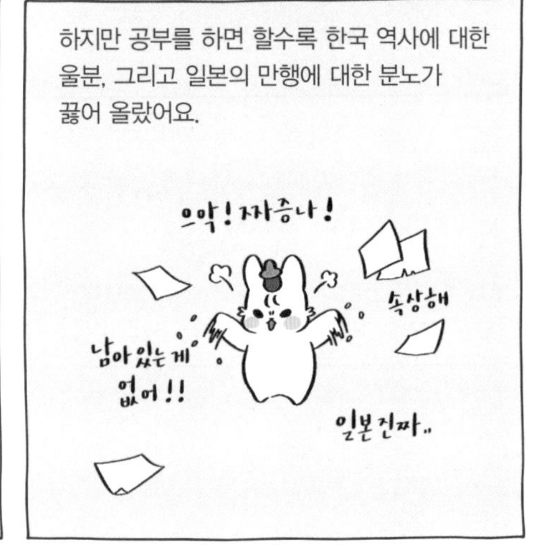

열심히 논문을 써서 투고해도 돌아오는 건,
논문에 대한 지적이 아닌 일본의 역사적
관점에서 본 첨삭.

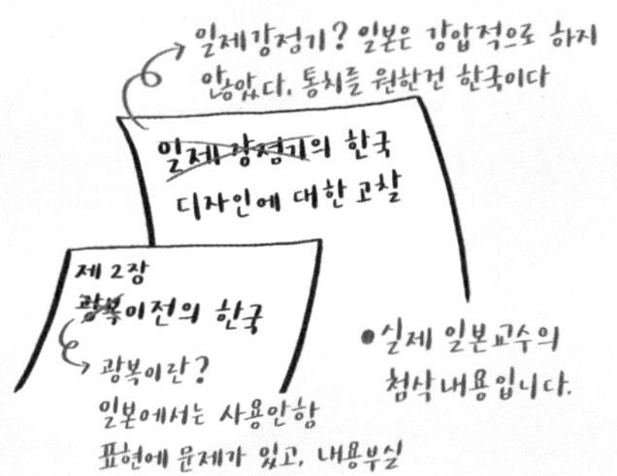

수차례 이런 일을 겪다 보니 시작부터
삐걱거렸던 저는 의욕을 완전히 잃어 버렸어요.

난 진짜 왜이러냐
다 관두고 싶어
하.. 너무 한심해
남들은 지금 경력쌓는다고..
그만두고 싶다고 말만하고, 용기도 없어

정말 아무것도 하기가 싫다.
어디서부터.. 잘못된 인생을 산걸까

남들은 어쩌면 저렇게 자신의 길을 잘 알고
실패하지도 않고 잘 나아가는 거지...
난 뭐하냐..
난 이길이 아닌 것 같은데, 실패 같은데...

남들은 이미 경력자야. 넌 충분히 늦었어
노력이 부족해
해온 시간도 돈도 너무 아까워
지금까지 해온 것들은?
너 지금 관두면 인생망하는거야
네가 선택한 일이야
박사 졸업
정말 어쩌지..

그 당시는 자신감이 바닥일 때라 주변의 응원 소리도 제대로 들리지 않았어요..
넌 할수 있어 힘내
그냥 하는 말인거 다 알아.. 난 자신이 없어
아.. 고마워..

포리도 걱정이 되어 응원을 해주었지만
아니야~! 왜 그렇게 생각해.. 정말 할 수 있어! 논문만 쓰면 되는 거 잖아
난 오히려 네가 부러운걸~!

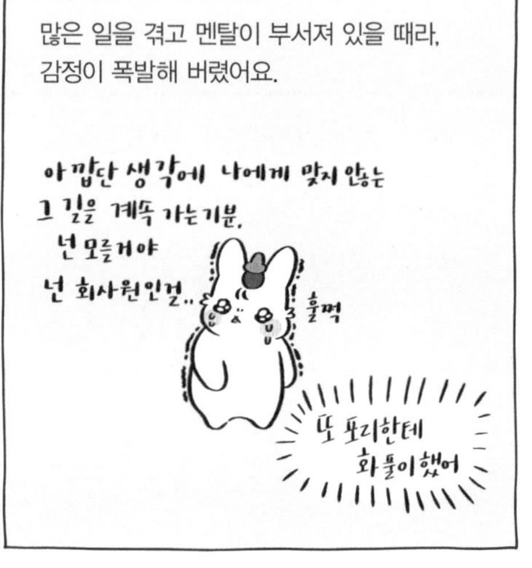
많은 일을 겪고 멘탈이 부서져 있을 때라, 감정이 폭발해 버렸어요.
아깝단 생각에 나에게 맞지 않는 그 길을 계속 가는 기분, 넌 모를거야 넌 회사원인걸..
훌쩍
또 포리한테 화풀이했어

자.. 그러면 딱 1년 만
후회없이 움직여보는건 어때?
그러고 나서 결정 하는건?
그 후에 하는 결정에 대해서는
뭘 선택하건 응원할게!

포리의 말을 듣고 딱 1년의 기간을 정했어요.
해보고 안 되면 내 길이 아니었다고
인정하기로요.

그래..
일본에서 일제강점기를
논하는 게 아직
무리일 수도 있어

갑자기 테마를
바꾸기엔 시간도
없으니까..
한국의 독재시절
디자인으로 해보자
이거라면...

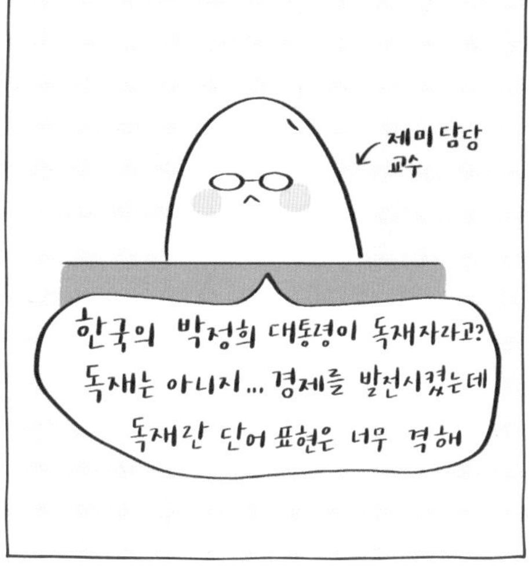

경제 발전시켰다고
독재정치의 오점이 사라지는 게
아니라고 생각하는데요.
한 사람이 권력을 독점하고
누구도 이의를 제기할 수 없다면
그게 독재입니다.
뭐래
예?

이 부분 빼고, 독재란 표현도 지워. 한국의 독재는 독재라 할수 없다.
독재는 히틀러정도는 되어야 사용할 수 있을것 같고, 이부분도 다 빼
아니.. 독재시절디자인에 대한 논문인데... 그걸 다 빼라고?

아 진짜 뭐부터 이렇게 꼬인걸까
서럽다. 좀더 제대로 반박하고 싶은데
그냥 너무 지친다..

어디서부터 잘못된걸까
나도 열심히 산 것 같은데
일어 자격증도 있는데 왜 주눅들어 있지...
반박할 기력조차 사라지는것 같아
왜 내 인생은 이렇게 실패한 인생같을까...

토리짱~
너 어쩌려고..
빨리 졸업해야지
일본은 신규졸업자가
우선적으로 채용돼..
넌 아직도 일
안 하니까
좋겠다. 편해서
논문 아직도라고?

열심히 해봤어
장학금도 받고,
부모님, 남편지원
없이 내 힘으로
살았다고...
일본에서 많은 걸
배우고 싶었어
노력했는데
결과가 이래.
노력한다 해서 내가 원하는
결과가 나오는 게 아니던걸

괜찮아
그럴수도 있지
헛!
쑤욱
많이 힘들었겠다
고생했어

넌 잘했어.
결과가 전부가 아니야.

지난 시간, 열심히 살았잖아.
후회 없이 분발했잖아

과감하게 포기하는 것도
용기고, 최고의 선택이야

맞다고 생각했던 길이 더이상 나아갈 수 없는 길이라 해도
뚝

거대한 장애물이 앞을 가로막아도
장애물

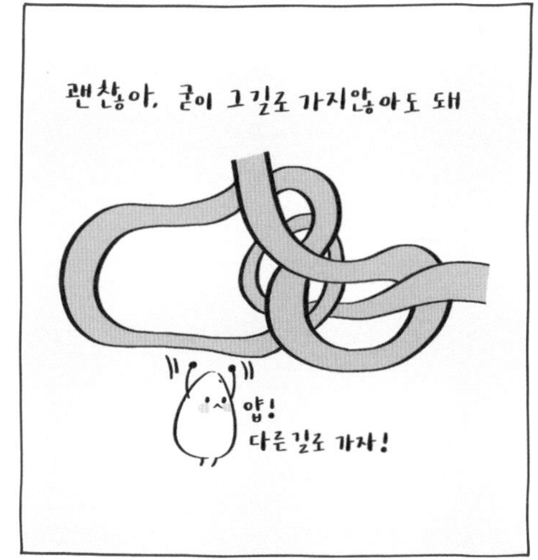
괜찮아, 굳이 그 길로 가지않아도 돼
얍!
다른길로 가자!

생각보다 그 길은 어렵지 않은 길일 수도 있어
엇? 못가는길인줄 알았는데 아니었어!

남들보다 조금 느리면 어때~!
돌아가는 것도 하나의 방법인걸?
장애물
멀어도
돌아가지 뭐~
도착!

네가 실패했다는 그 길이
없었다면, 새로운 길을
만나지 못했을거야.
사뿐
나의 새로운 길

늦어도
괜찮아
돌아가도
괜찮아
포기해도
괜찮아
사퇴서

고민하고, 주저해도 괜찮아
내가 가는 길이 정답이야
나는 너를 응원해
나는 나를 응원해

Episode 05

나도 일본인이랑 사귈래

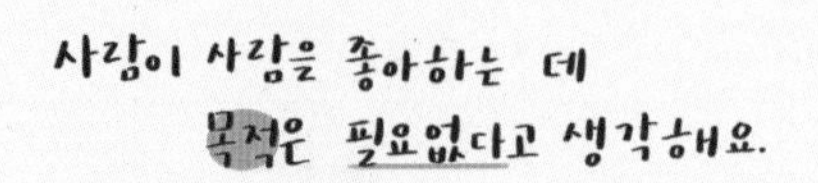

저는 일본인인 포리가 좋은게 아니라

'포리'를 좋아하는데 포리가 '일본인'인것뿐

오히려 '일본인이랑 사귀어 보고싶다'고
하는분들께 묻고 싶어요.
'사귀고 싶은 일본인'이란
어떤 사람인가요?

Episode 06

취업

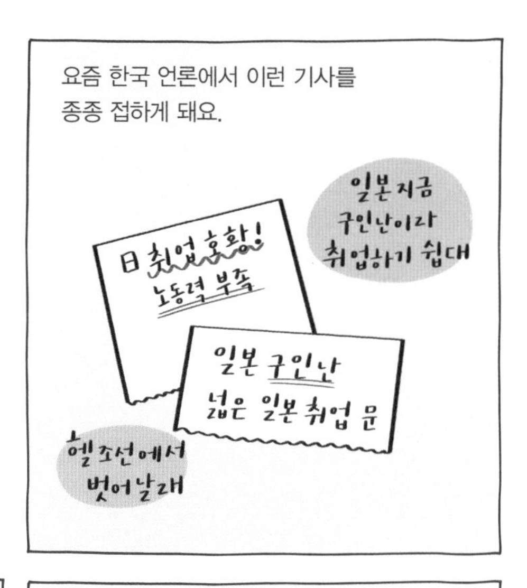

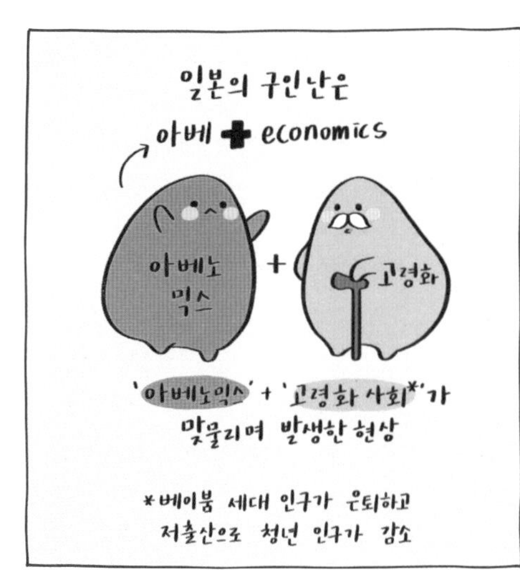

우선 일본 취업을 꿈꾸시는 분들께 질문하고 싶은 게 몇 가지 있어요.

당신은 현재 부모님의 집에서 거주하고 있나요?

그렇다면 초반에는 고생을 좀 각오해야 해요.

당신은 일본 문화, 일본어에 대해 어느 정도 이해하고 있나요?
일본

막연히 애니메이션이나 드라마, 여행에서 접한 것만으로 일본에 대한 환상을 가지고 계신 건 아닌가요?
여기만 볼거야
보고싶은 부분
현실적인 부분

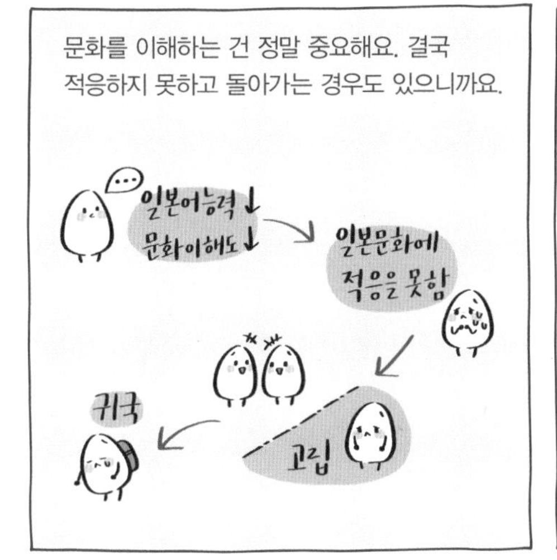
문화를 이해하는 건 정말 중요해요. 결국 적응하지 못하고 돌아가는 경우도 있으니까요.
일본어능력↓
문화이해도↓
일본문화에 적응을 못함
귀국
고립

일본 문화의 특성은 '튀는 걸 좋아하지 않는 분위기'라고 해도 틀리지 않아요. 기업의 일원으로 완전히 녹아드는 걸 원하죠.
문제는 이 '튄다'는 말의 정의가 애매하단거죠.

에이~
그래도 일본이니까
돈 많이 벌지 않아?
절레
놉놉!
절레

일본은 세금이 높은 나라입니다.
즉 '실수령액'이 적답니다.
세금
예~
월급
<월급평균>
대학교졸 20万円
대학원졸 23万円
세금
급
까
월
내돈!
<실수령금액>
대학교졸 16万円
대학원졸 18.5万円

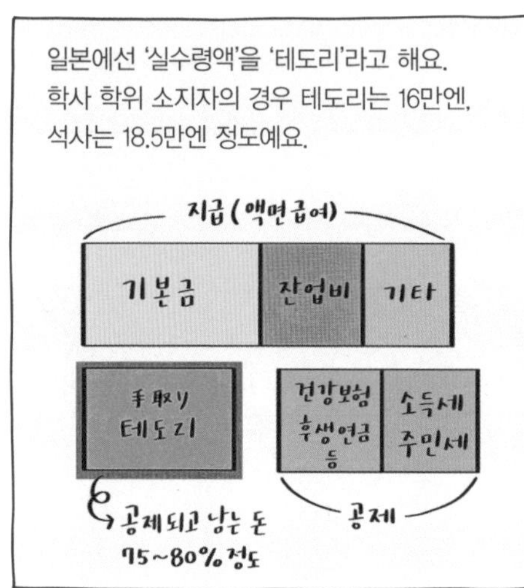
일본에선 '실수령액'을 '테도리'라고 해요.
학사 학위 소지자의 경우 테도리는 16만엔,
석사는 18.5만엔 정도예요.
지급(액면급여)
기본급
잔업비
기타
手取り
테도리
건강보험
후생연금
등
소득세
주민세
공제되고 남는 돈
75~80% 정도
공제

급료에서 공제되며 회사나 사는 지역마다
다르긴 해도 늘 높은 비중을 차지하는 세금!
40세 이상 강제
개호 0.8%
보험료
주민세
한달치 월급이
사라지는 수준
국세청에서
정한 비율
소득세
건강보험
5%
후생연금
9%
꼬깩
고용보험
0.3%
세금
일반영업, 농림수산
청주제조, 건설은 0.4%

에이~
그래도 보너스받으면 좋은거 아냐?
절레
놉놉!
절레

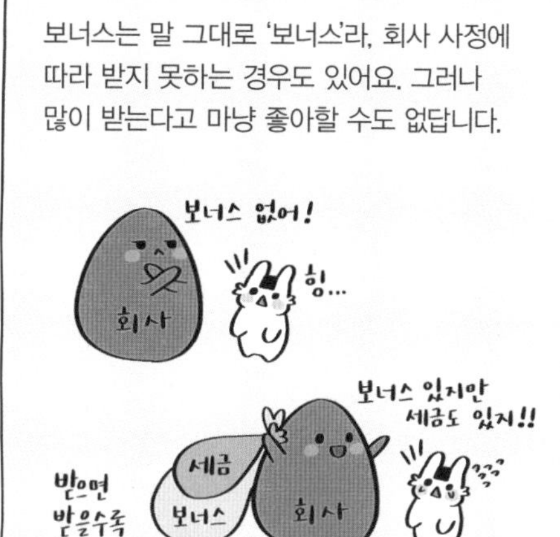
보너스는 말 그대로 '보너스'라, 회사 사정에 따라 받지 못하는 경우도 있어요. 그러나 많이 받는다고 마냥 좋아할 수도 없답니다.
보너스 없어!
회사
힝...
보너스 있지만 세금도 있지!!
세금
보너스
회사
받으면 받을수록 줄어드는 마법

세금, 물가를 생각하면 초기에는 돈을 모으기가 정말 힘들어요.
안모여..
사회 초년생이 아니어도 일본에서 저축하는건 정말 어려워요...

근데 한국 언론에서 일본은 야근 없다던데?
일본은 잔업이라 함
그럼 이건 뭐지?
누구야 누가그래?
매일 밤 11시 반에 오는 야근쟁이

수평적 관계보다 수직적 관계가 뚜렷한 일본사회.

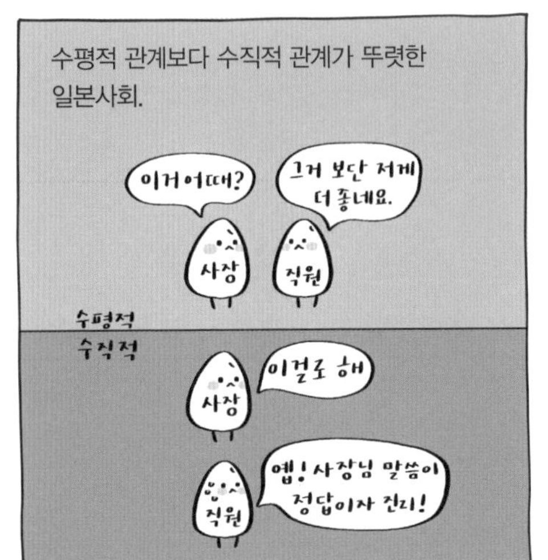

그래서인지 야근을 당연시하는 분위기가 존재해요.

놀라운 점은 저녁 식대는커녕 밥 먹는 시간조차 주지 않는다는 것. 100%는 아니지만 대부분이 저녁 식사 시간 없이 연속으로 일을 하게 해요.

배고파… 힘두로..

꼬르르륵

밤 12시에 저녁밥 → 먹고 바로 잠 → 건강악화

여기도 사람 사는 곳이라 남 이야기 하는 사람, 지나치게 간섭하는 사람 모두 존재해요. 정말 사생활을 존중한다면 이런 단어도 생기지 않았겠죠.

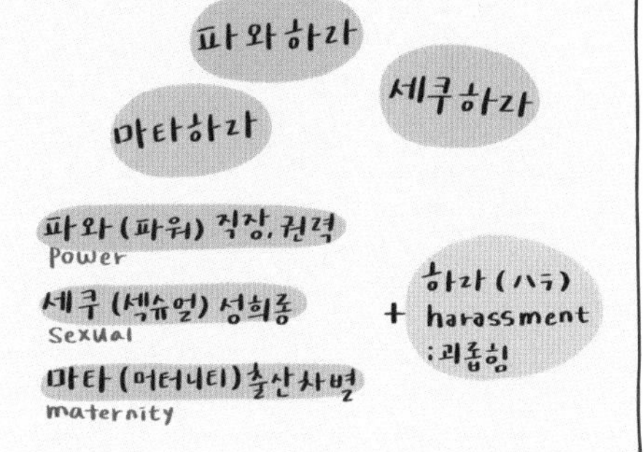

하지만 '튀는' 걸 좋아하지 않는 분위기 때문에, 부당한 취급을 당해도 고발한 사람이 고립되기 쉬운 것 같아요.

면접에서 무례한 질문을 듣는 경우도 있어요.

이직도 쉬운 일이 아닌 것이…

한국에서는 이직을 하며 연봉을 올리지만,
일본의 경우 장기간 근속하는 게 이익인
경우가 많거든요.

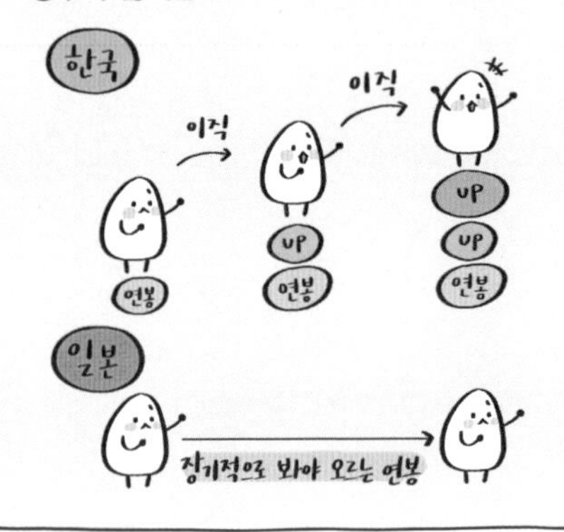

요즘은 그래도 개선된 편이지만, 몇 년 전만
해도 '이직'에 대한 인식은 부정적이었어요.

대학전공 과 전혀 다른 분야일 경우
비자가 나오지 않을 가능성이
굉장히 높아요.

그리고 합격해도 회사가 비자를 줄
정도의 여력이 없다면 비자가 안나올 수
있답니다.

* 고졸의 경우도 취업비자 받기 어려워요.
기타 조건 충족 필수!

간혹 SNS의 다이렉트 메세지나 댓글에서
이런 글을 보면 마음이 참 무거워요.

토리님 이야기 보고
일본 무서워서 유학 포기했어요.

일본에 취업하려는데
가는 게 좋을까요?
저도 험한 당하면 어쩌죠...

왜 부정적으로만 이야기 해요?
다 그런 거 아니거든요.

너무 큰 환상을 품고 온다면 나중에 힘든 일을 겪었을 때 회복이 정말 더뎌져요.

어떻게 일본이 이럴수 있어..

왜 도와주지 않는거야..?

여행객일 때랑 너무 달라..

Episode 07

온돌

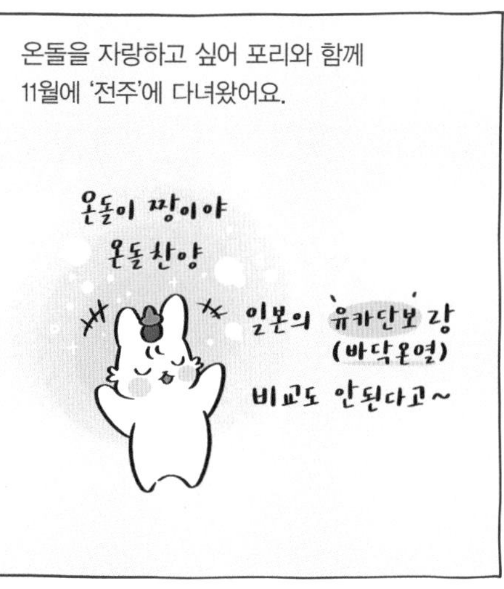

그렇게 엄마와 함께 전주 한옥마을에 갔죠.
일본인 포리를 위해 온돌을 강하게 틀어 주신
주인 아주머니.

온도를 맞춰가는 것

일본은 한국과 달리 온돌이 없고 이중창을 비롯한 단열 소재도 없어 겨울이면 집 안이 무척 춥습니다. 그 때문인지 일본은 추위에 적응하기 위해 일부러 얇은 옷을 입거나, 초등학생에게 반바지를 입혀서 단련시키는 교육을 하고 있어요. 한국인인 제 입장에서 보면 아이들이 안쓰럽게 느껴지기도 하지만요. 한국에서는 추운 겨울날 집에 들어가면 따뜻한 공기가 저를 기다리곤 했었는데, 일본에서는 잠을 자다보면 코끝이 시린 날이 허다하거든요.

이처럼 물리적인 온도에 대한 반응도 다르지만, 심리적인 면에서도 다양한 온도차를 느낄 수 있어요. 하루는 포리와 포리의 직장동료와 함께 모임을 가졌어요. 그때 그 동료에게서 들은 이야기가 인상적이었는데, 회사에서 힘들었던 이야기를 자신의 여자친구에게 하면 '그랬구나'라는 반응이 끝이었는데, '토리씨는 정말 속 시원하게 욕도 해줘서 포리씨가 부러워요'라고 하더라고요. 물론 개인차는 존재하지만, 한국의 친구들은 일단 같이 화내주고 공감해 주며 이야기를 듣는 반면, 일본인 친구들은 듣는 것 자체에 집중하는 경향이 있는 것 같아요. 서로의 사고방식이 다른 만큼 서로를 이해할 수 있는 계기가 늘어가는 건 참 재미있는 일이에요. 우선 상대의 온도를 체감한 뒤 대화를 하다 보면 어느새 중간 지점을 찾곤 한답니다.

Episode 08

클럽에서 생긴 일

때는 일본에 온 지 3일째 되던 날.

클럽 갈 건데
너도가자!

클럽이요?
한 번도
가본 적
없는데...

가만히 서서 박수만 치다 조금 지쳐갈 때쯤, 화장실 신호가 왔고
W.C
엇! 화장실이다

들어가 보니 사람이 정말 많더라고요. 모두 술에 취해 있거나 화장을 고치고 있었어요.
바글
바글
으악.. 사람 엄청나네..

기다림 끝에 겨우 착석(?). 그리고
아.. 담배 냄새도 적고, 조용하고... 여기가 훨씬 편해
졸려
피곤해..

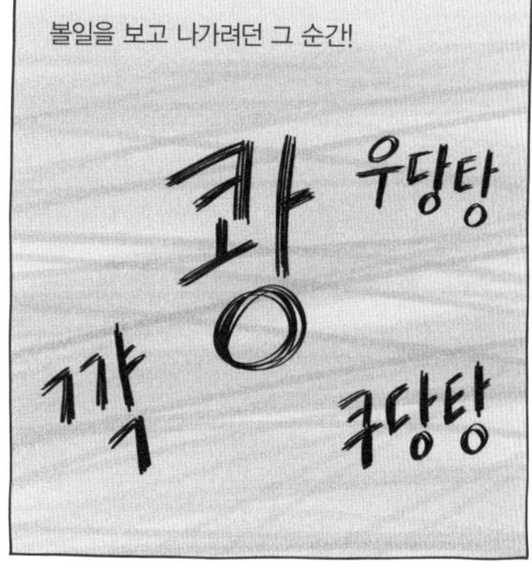
볼일을 보고 나가려던 그 순간!
쾅
우당탕
꺅
쿠당탕

뭐지?
무슨일이지?
엄청
큰소리가..

대환장파티
꺄!
우웩
여긴 지옥인가

당시 일어를 못해서 외계어로 들렸어요.
캬캬
뿌뀨 삐 빠
뭐라는거야
대충 이걸 보라고
하는 것 같았어요.

안녕? 난
문고리야!
반가워!
깍
뭐야!?
니가 왜 거기에?

알고 보니 술에 취한 한 여성이 문고리를 잡은 순간 미끄러졌고, 그 힘으로 문고리가 빠진 거였어요.
슝
취해서 웃고만 있는 사람들..

내가 해야 하는데.. 어쩌지?
구해주세요
구해주세요 모르던 때
일본에 온 지 3일째 언어바보토리
악?
손잡이가 빠졌어요.
둘 다 모름
화장실에 사람이 갇혀있다
갇혀있다 모름
화장실에 사람 있는건 당연함

아는 단어 두뇌 풀가동
문 → 도아 ドア → 이건 OK
손잡이
부수다
부서지다
↓
모르는 단어
대체할 단어를 찾아야 해

스미마셍!!
도아가 이타이요
문이 아파요!
테가 나이!
손이 없어요!
쾅
쾅
문이 아파요!!
이렇게 절규하다 한 시간 후 구출되었습니다.

교토공예섬유대학

4장

너와 결혼한 이유

Episode 01

감히 한국인?!

연애를 시작하고 3년 정도 지났을 때예요. 자주 일본에 오는 저희 가족과 달리, 한 번도 만난 적 없던 포리네 부모님. 당시는 이유를 몰라 서운함을 토로했어요.

뭐야~ 서운해 왜 가족한테 나 소개 안시켜줘?

뿡

뿡

우리 가족은 다 만났는데

연애하는 동안 본가에 간 게 단 두 번 정도였던 포리. 가끔이지만 가족과 이야기를 한 날이면 영 저기압이 되기에 단순히 사이가 좋지 않다고만 생각했죠.

하지만 시간이 지나고 우연히 포리가 아버지와 이야기하는 걸 듣게 됐어요.

아. 진짜..

내 인생이고,

내가 선택한 사람이야

그렇게 말하지 마요..

이래서 이야기하기 싫다고..

어렴풋이 짐작만 하고 확인하는 게 무서웠던
그 말.

어.. 음.. 포리야
왜? 혹시..
내가 한국인이라
사귀는 것도 싫으시대?

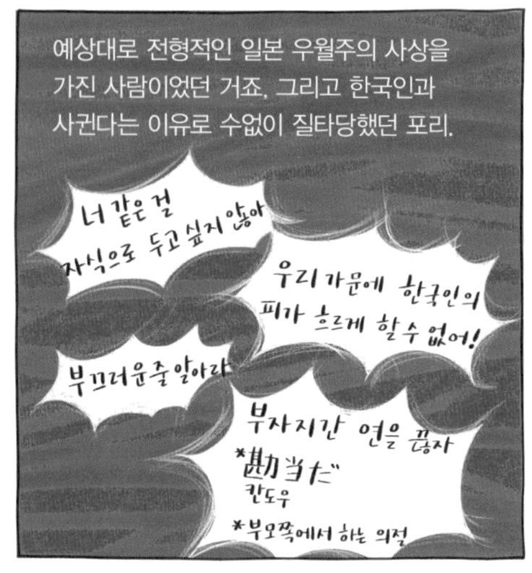

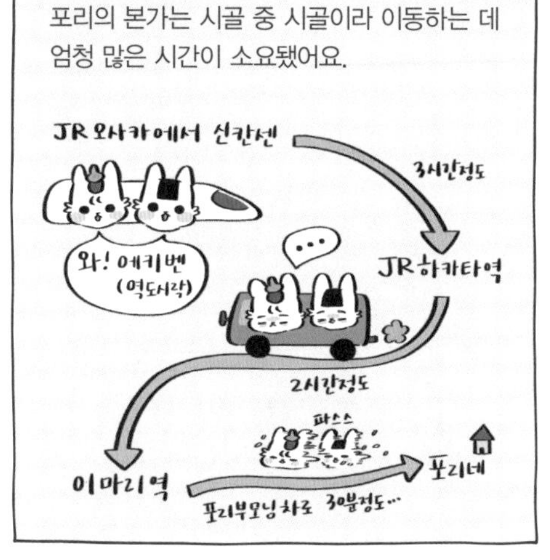

첫인상은 그냥 평범해 보였어요. 인사를 받아준 건지 아닌지 애매하긴 했지만요.

어색한 차 안 공기를 느낀 지 30분 정도 지나서 도착한 포리의 본가. 저희는 포리 어머님이 준비해주신 차를 마시며 조금 쉬고 있었어요.

그때 포리가 들어왔고, 쏘아대던 그 말들은 언제 그랬냐는 듯 잠잠해졌어요.

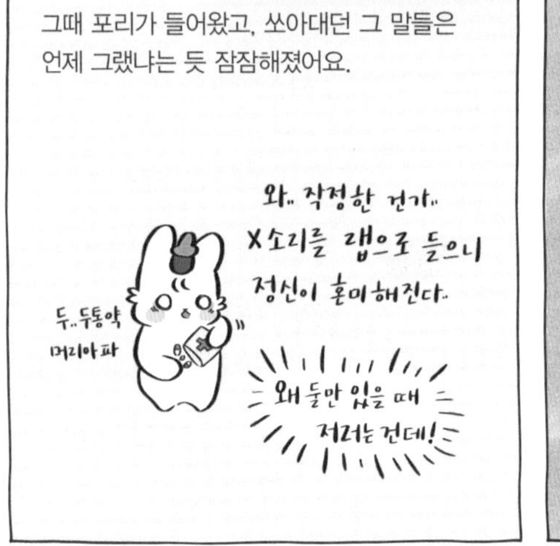

가족 회의가 시작된다기에 전 그 방을 나왔어요. 혼자 거실에 있다가 충전기를 가지러 그 방 근처를 지나게 되었는데

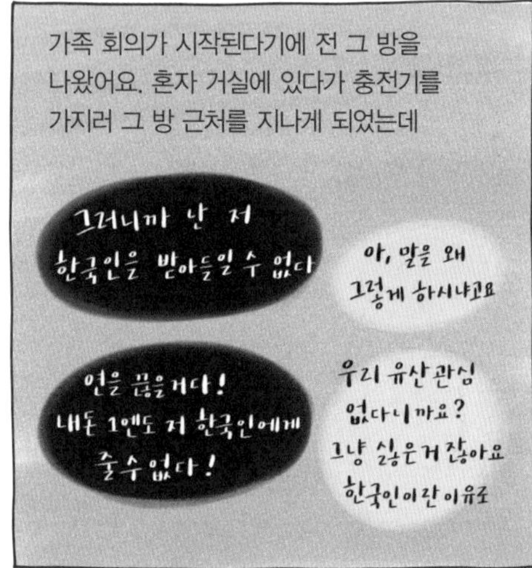

내가
한국인이라 싫은 걸
나는
도대체..
어떻게..
받아들여야하나
포리는 이런 이야기를 혼자서
매번 들었던걸까..

제일 괴로웠던 점은, 이런 말을 듣고도
이 집에서 신세를 져야 하는 입장이란 것.
하.. 가시방석이 따로 없군. 엄청 시골이라 갈데도 없고.. 운전도 못하고
일본인은 말이다

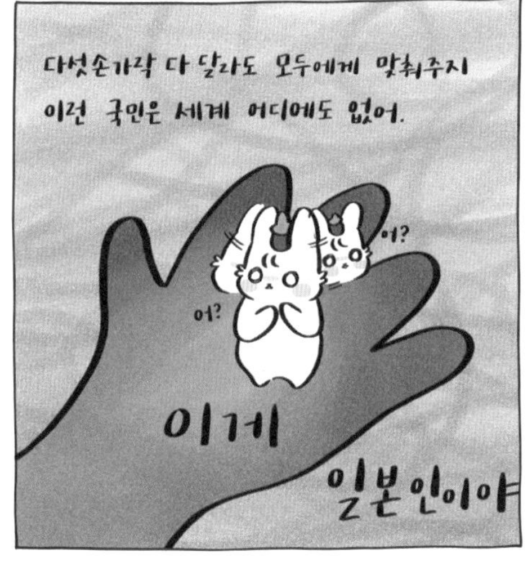
다섯손가락 다 달라도 모두에게 맞춰주지
이런 국민은 세계 어디에도 없어.
어?
어?
이게
일본인이야

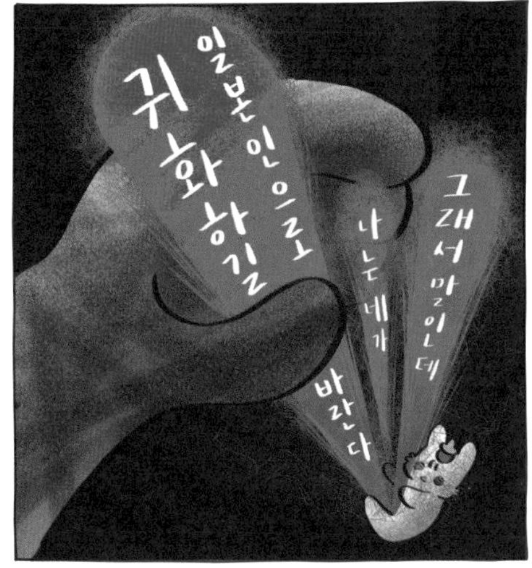
그래서 말인데
나는 네가
일본인으로 귀화하길 바란다

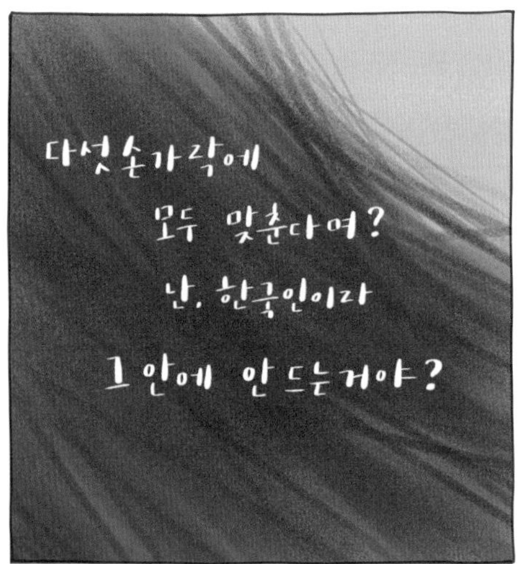

언젠가 인정받는게 아니라

꼭 사과 받고 싶다.

난 내가 한국인이라는 이유로

굽히고 싶지 않아.

감히 한국인이랑 피를 섞겠다고!?

사귀고서도 부모님께 소개를 해주지 않아 조금 서운해하고 있었는데, 포리가 어렵게 입을 열었어요. '우리 아빠가 좀…… 옛날 사고방식이라 한국인에 대한 인식이 좋지 않아'. 이 이야기를 들었을 때 엄청나게 서운하거나 상처를 받지는 않았어요. 어느 정도 예상했기 때문일까요. 그래도 얼굴 한번 보지 않고서 미워하는 건 잘못된 인식 때문일 거라 생각해서, 직접 만나뵈러 규슈에 다녀왔습니다. 설득하기 위해 간 건 아니고, '우리 결혼해요'라는 보고를 하기 위해서였어요. 결혼하기 전에 적어도 배우자의 가족 얼굴은 봐둬야 할 것 같기도 했고요. 결과는 처참했지만요.

'난 네가 귀화를 했으면 좋겠다.'

'인연을 끊겠다.'

똑같이 칸도우라고 읽지만 感動는 감동이라는 의미고, 勘当는 부모 쪽에서 자식과 의절할 때 쓰는 말이에요. 포리는 이런 말을 들으면서도 혼자서 어떻게든 설득해보려고 노력했던 거죠. 하지만 통하지 않았고, 저희는 그냥 저희만의 길을 가기로 했답니다. 아버지의 반대를 무릅쓰고 저를 선택해 준 포리. 늘 저를 응원하는, 함께 있으면 행복해지는 사람. 이런 사람이 제 편이라면 한 명이 끝끝내 반대한다 해도 힘들어 할 건 없어요.

인정받지 못한 내가 불쌍한 게 아니라, 자신의 좁은 시야에 집착해 삶을 온전하게 바라보지 못하는 그 사람이 안쓰러운 거니까요.

'전 인정받고 싶은 게 아니에요. 진심 어린 사과를 받고 싶어요.'

Episode 02

너와 결혼한 이유

해맑게 웃는 모습이 좋았고
토리야
토리야

한국어를 열심히 공부하는 모습도
귀여웠어요.
저는
일봉사람
임니다.
마시쏘요
잘해쏘
한국어
1
항국어
오료워요~

또 자신의 미래에 대한 확신이 뚜렷했고
지금하는일을
토대로 이런일을!
할땐 확실하게
하하
자신감
확신

무엇보다 저를 위해 열심히 요리하고 영양도
챙겨주는 마음씨가 좋았어요.
토리는 영양이
부족하니까~이거랑
이거랑

밥 먹는 제 모습을 사랑스럽다는 듯 쳐다보는
그 눈빛이 정말 좋아요.
이뻐~
이뻐
냠냠
먹는거 보는게 제일 조아요

꾸미지 않은, 있는 그대로의 모습을
봐 주는 포리.
이대로가 이뻐~!
이뻐
귀여워

아무리 피곤해도 제게 곤란한 일이 생기면
밤을 새서 도와주면서
으아아악
졸리지만 도와야지
장학금 원서
토리 일본어 첨삭

정작 자기가 어려울 때는 아무 말 없다가
절 보면 힘든 게 다 사라진다고 해줘요.
아~ 이렇게 있으면 안 힘들어~
너를 보면 힘이나
헷

제가 그리는 미래에는 포리가 늘 함께하고
엇, 여기 새로운 가게 생겼네! 다음에 포리랑 가봐야지
여행도 꼭♡! 같이 가봐야지~

포리가 그리는 미래에는 저도 늘 함께해요.
토리야~ 가게오픈해
잡화상점
토리&포리 잡화상점
그리고 아침밥 같이 먹을까?

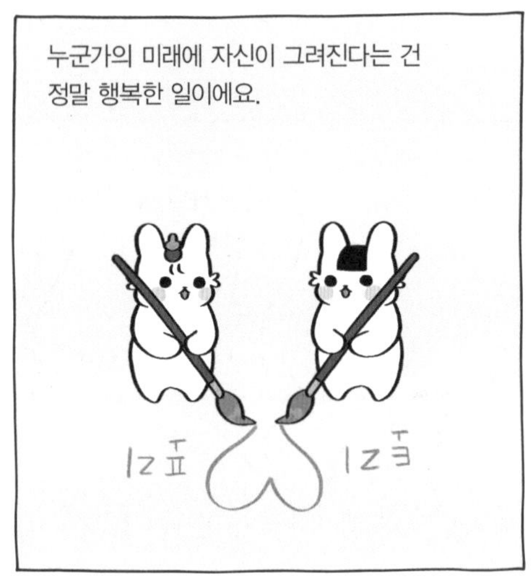
누군가의 미래에 자신이 그려진다는 건
정말 행복한 일이에요.

아버지가 한국인이란 이유로 결혼을
반대할 때
연 끊을 거다!
감히 한국인?!

고민 없이 절 선택해주고 아껴 준 사람.
가자!
신경쓰지마
우리만
생각하자
응!

일본에서 힘든 일이 연달아 닥쳐 정신적으로
피폐해져 있을 때

당장은 아니지만 꼭 한국에 가서 살자고
먼저 이야기해준 사람.
한국행
한국 가면
저것들은?
난 괜찮아
네가 행복하면
나도 행복해
직업
건축
안정된
삶
일본
거주

말하지 않아도 서로 원하는 걸 알고
오늘 치킨?
콜!

서로 닮아가는 우리
죽이 척척
북치기
박치기

함께 있으면 따뜻해지고, 행복해지는 존재

일본인이라서, 한국인이어서가 아니라
그냥 서로이기에 결혼한 우리

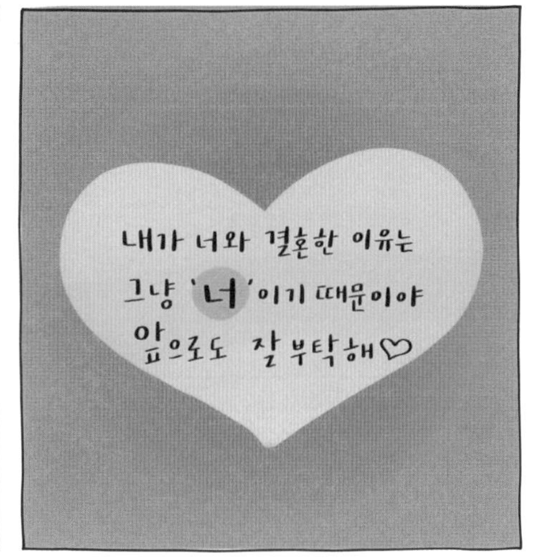
내가 너와 결혼한 이유는
그냥 '너'이기 때문이야
앞으로도 잘 부탁해

Episode 03

일본 결혼식

한국과 일본은 서로 다른 점이 많은 만큼 결혼식 문화에서도 차이를 보인답니다.

이번에는 두 나라의 다른 결혼 문화에 대해 소개해볼까 해요.

제가 느끼는 가장 '다른' 점은

초대방식!

한국 TV드라마에선 전여친, 전남친이 결혼식에 갑자기 등장해 "이 결혼은 무효야!"라고 외치는 장면이 종종 나오는데요.

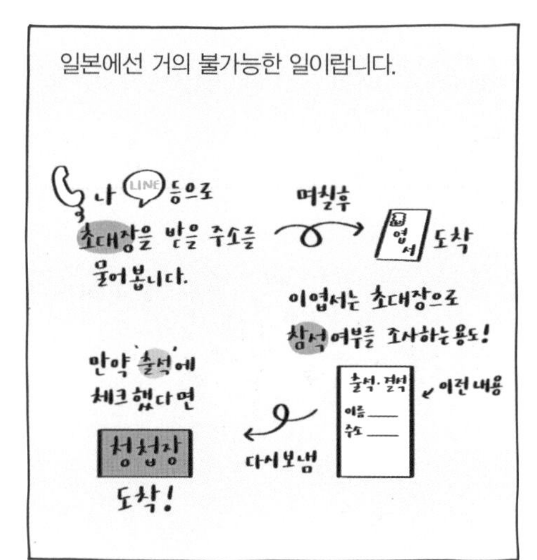
일본에선 거의 불가능한 일이랍니다.
나 LINE 등으로
초대장을 받을 주소를 물어봅니다.
며칠 후
엽서 도착
이 엽서는 초대장으로 참석 여부를 조사하는 용도!
출석·결석
이름
주소
이런 내용
만약 '출석'에 체크했다면
다시 보냄
청첩장 도착!

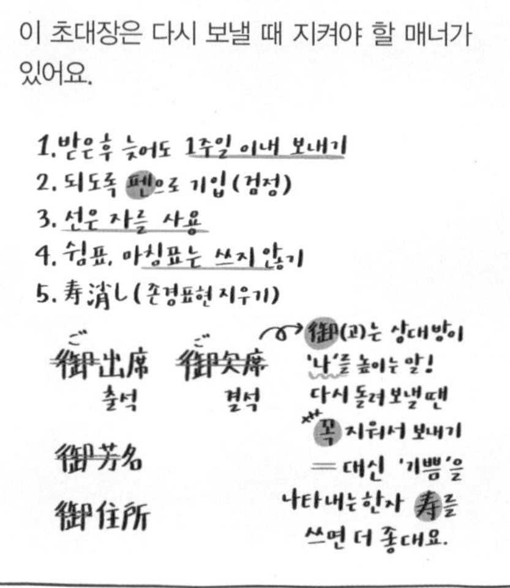
이 초대장은 다시 보낼 때 지켜야 할 매너가 있어요.
1. 받은 후 늦어도 1주일 이내 보내기
2. 되도록 펜으로 기입(검정)
3. 선은 자를 사용
4. 쉼표, 마침표는 쓰지 않기
5. 寿消し(존경표현 지우기)
御出席
출석
御欠席
결석
御芳名
御住所
御(고)는 상대방이 '나'를 높이는 말!
다시 돌려보낼 땐 꼭 지워서 보내기
= 대신 '기쁨'을 나타내는 한자 寿를 쓰면 더 좋대요.

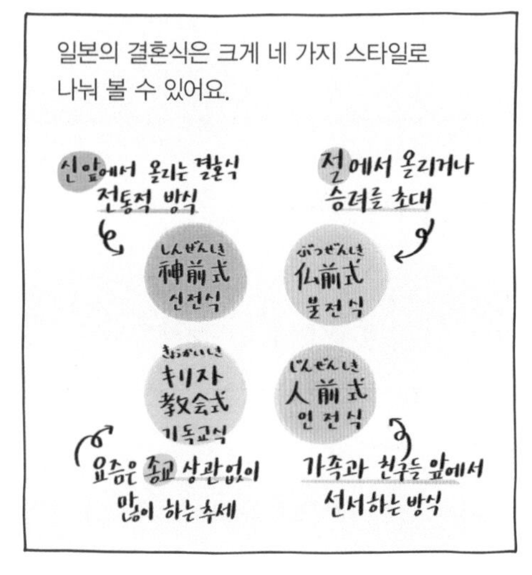
일본의 결혼식은 크게 네 가지 스타일로 나눠 볼 수 있어요.
신앞에서 올리는 결혼식 전통적 방식
절에서 올리거나 승려를 초대
しんぜんしき 神前式 신전식
ぶつぜんしき 仏前式 불전식
きょうかいしき キリスト教会式 기독교식
じんぜんしき 人前式 인전식
요즘은 종교 상관없이 많이 하는 추세
가족과 친구들 앞에서 선서하는 방식

그리고 또 다른 게 있다면 진행되는 시간!!
한국에서는 1시간 정도 결혼식
밥먹기
친구들이랑 수다가
보편적이라면
일본은 거의 하루를 결혼식에 소비!

1부 결혼식

가족, 친척만 부를 수도 있고 친한 친구를 부르는 경우도 있으며, 30분~50분정도로 짧게 진행

2부 피로연

신랑신부의 등장! 영상을 보거나 노래, 연주를 듣고, 신랑신부가 앉아 있는 테이블에서 포토타임, 부모님께 편지낭독 등등

3부 2차 모임

보통 친구들을 불러 음주&식사, 게임 준비!

일본의 축의금 봉투는 화려한 편이에요. 화려한 게 예뻐 보여서 무턱대고 샀다간 낭패를 볼 수도 있어요. 넣는 금액이 정해져 있거든요.

미즈히키 水引
축하할땐 금은사용
결혼시 '10가닥'

3만엔~5만엔
기본3만엔을 많이 냄
축의금 봉투 400엔~

화려할수록 금액↑
5만엔~10만엔
축의금 봉투자체도 가격이 높아요.

축의금이 어마어마하죠? 대신 결혼식에 가면 '오카에시(답례품)'라는 걸 받아요. 요즘은 카탈로그로 대신하는 경우도 있어요. 정말 필요한 걸 주문할 수 있어 좋더라고요.

*대부분 낸 금액의 1/2 정도를 돌려준대요.

*축의금이 높은 대신 '쿠루마다이'라고 해서 먼 거리에서 오는 사람에겐 차비를 준비해요.

Episode 04

배우자 비자

먼저 필요한 건 '혼인신고서'입니다.

구청에서 구할 수 있어요.

저희는 웨딩잡지 '제쿠시'가 제공하는 교토일러스트가 그려진 디자인으로 제출했어요.

한국인이 준비해야 할 것.

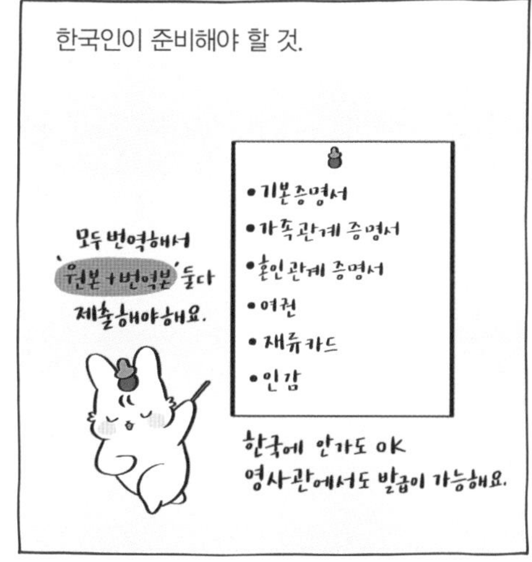

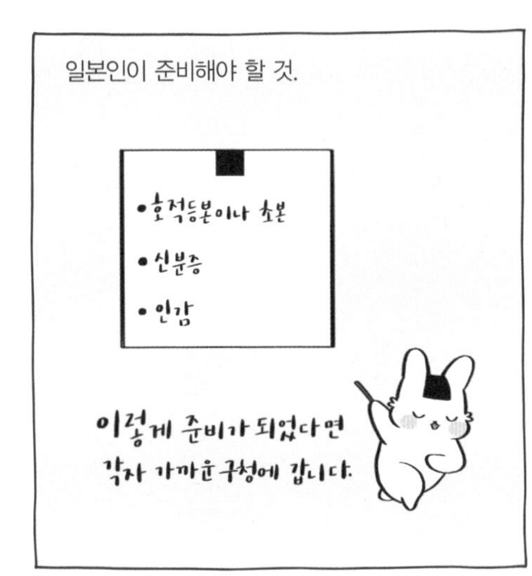

일본인이 준비해야 할 것.
•호적등본이나 초본
•신분증
•인감
이렇게 준비가 되었다면
각자 가까운 구청에 갑니다.

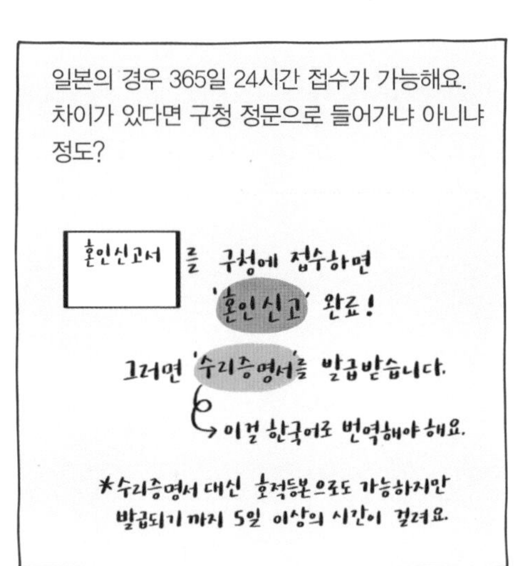

일본의 경우 365일 24시간 접수가 가능해요.
차이가 있다면 구청 정문으로 들어가냐 아니냐
정도?
혼인신고서
를 구청에 접수하면
'혼인신고' 완료!
그러면 '수리증명서'를 발급받습니다.
이걸 한국어로 번역해야 해요.
*수리증명서 대신 호적등본으로도 가능하지만
발급되기 까지 5일 이상의 시간이 걸려요.

개인적으로 일본에서 먼저 접수하는 걸 추천해요. 모든 구청이 정보를 교환하지 않아서 행정 처리가 엄~청 느리거든요. 일본에서 먼저 하고 한국에서 등록하면 빠르답니다.
한국에서 하는 경우는 처리 속도는 빠르나, 한국인의 소득금액증명서가 필요하다고 합니다.

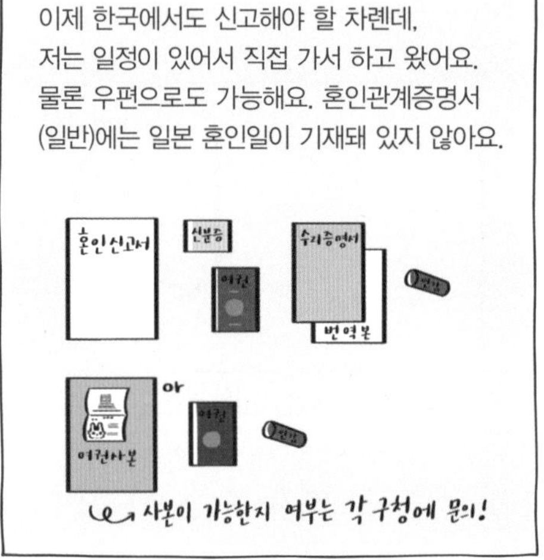

이제 한국에서도 신고해야 할 차롄데,
저는 일정이 있어서 직접 가서 하고 왔어요.
물론 우편으로도 가능해요. 혼인관계증명서
(일반)에는 일본 혼인일이 기재돼 있지 않아요.
혼인신고서
신분증
여권
수리증명서
번역본
or
여권사본
여권
사본이 가능한지 여부는 각 구청에 문의!

서류에 문제가 없다면 둘은 '부부'가 됩니다.
단 부부가 됐다고 해서 비자 문제가 해결된
건 아니랍니다.

비자를 받기 위해서는 많은 서류와 시간이
필요해요.

한국인이 준비할 것

- 호적등본 1통 + 번역본
- 혼인관계증명서 1통 + 번역본
- 기본증명서 1통 + 번역본
- 가족관계증명서 1통 + 번역본
- 재류자격 신청서 1통
- 증명사진 3*4
- 여권

그리고 둘만 찍힌 사진 2~3장도 필수 날짜와 만난 장소도 자세히 적어야 하죠. 저희는 10장 이상 제출했어요.

특히 '질문서'는 양이 정말 많아요.
배우자가 작성합니다.

일본인이 준비할 것

- 일본배우자의 호적
- 일본배우자의 주민표
- 혼인수리증명서
- 일본배우자의 주민세/과세납부
- 질문서 (어떻게 만났는지 등)
- 배우자 신원보증서

저희는 1년치분 냈는데 전년도도 내라고 연락이 왔어요 ㅠㅅ•

질문서의 일부

- 신청인의 이름 및 배우자의 정보
- 결혼하기까지의 과정
- 소개자의 유무
- 부부간 소통언어
  - ↳ 모국어 / 이해정도 / 신청인의 일어능력
- 혼인신고서의 보증인
- 처음 만난 시기와 장소
- 교제시기, 계기
- 결혼을 생각한 이유
- 가족에게 보고한 시기
- 동거유무
- 교제후 신청인의 모국에 간 횟수

⋮

등등

준비한 서류를 입국관리국으로 들고 가
긴 기다림 끝에 제출하면 빠르면 2주, 느리면
2달 정도 후에 비자 관련 엽서가 날아와요.

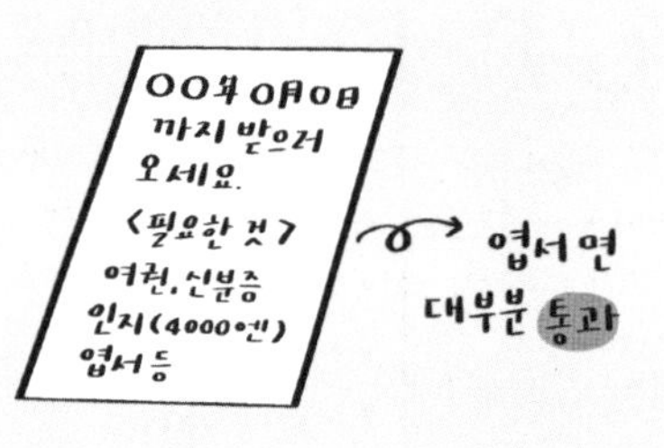

만약 '우편이 왔다!'하면 서류 부족이거나
자격 조건 미달로 거부당한 거랍니다.

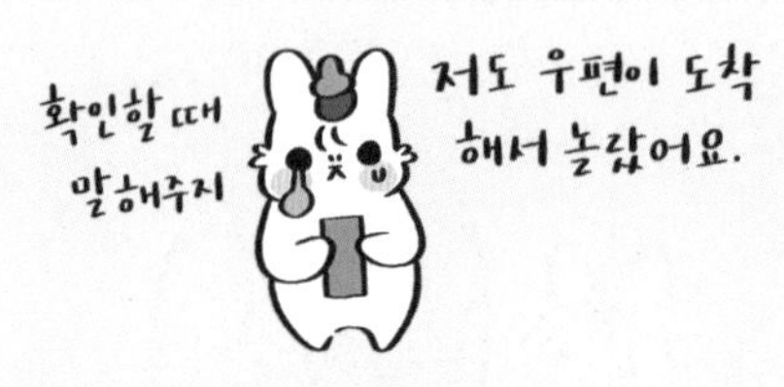

분명 납세서 1년치인데,
전년도 것도 내라고 해서 다시 동봉하여 접수..

그러고서 계속, 하염없이 기다리면 나와요.

기다림의 연속

접수증

*전 두달 지나고
나왔답니다.

드디어 재류카드가 나왔어요. '배우자비자'는
첫해는 보통 1년 기한으로 나와요.

재류카드 번호 XXXX
이름 : 밥토끼
생년월일 : 19XX년 X월 X일
주소 : XX
재류자격 : 일본인의 배우자등
재류기간 : 1년

으아아
드디어 비자가
내 손에!

간혹 '국제결혼'을 '귀화'와 혼동하는 분이
계세요.
엇? 그럼
국적은 '일본'이에요?
아니예요.
'한국'
이랍니다.
엇!
'귀화' 하지 않는 이상
국제결혼 해도 국적은
바뀌지 않아요

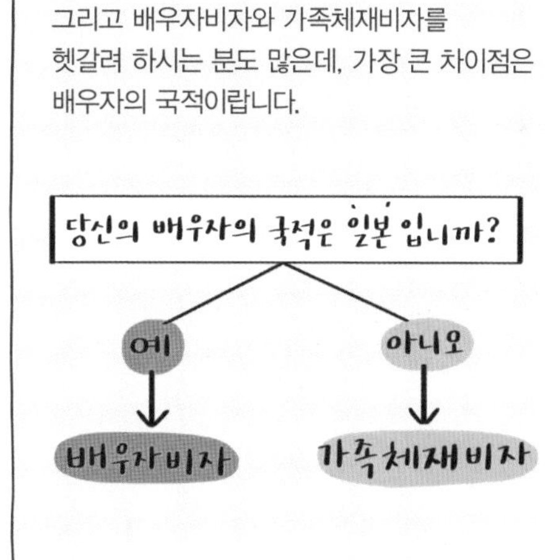
그리고 배우자비자와 가족체재비자를
헷갈려 하시는 분도 많은데, 가장 큰 차이점은
배우자의 국적이랍니다.
당신의 배우자의 국적은 일본 입니까?
예
아니오
배우자비자
가족체재비자

배우자 비자
• 일본인과 혼인
• 노동시간 제한 없음
• 3년비자 취득 후
영주권 신청 가능
가족체재비자
• 배우자가 일본 국적이
아닌 자
• 노동시간 제한 있음
(주 28시간 이내)
• 본래 목적 상실시
비자는 무효처리
비자가 다른 만큼
준비서류도
다르답니다.

가족체재비자로 부부의 아이들도
함께 올 수 있어요.
단! 성인 자녀의 경우는 힘들어요.
(성인이니 부양하지 않아도 되기에)
* 부모와 형제, 자매는 인정하지 않아요.
단, 부모의 경우 상황에 따라
특정활동 비자 발급이 가능

그리고 '비자 기간은 운'이라는 말이 있을 정도로 기준을 파악하기 어려워요. 첫해는 보통 1년, 갱신 후 각각 1, 3, 5년을 받게 돼요.

출산 임박한 분도 갱신 후 1년이 걸리기도 하고..

저도 이번 갱신 때 1년을 받았네요. 또 '인지' 4000円을 내야 하다니..

→인지 : 돈을 낸 증표 (우표 모양)

일본은 부부가 성을 달리 쓰는 '부부별성'을 인정하지 않는 나라! 외국인에겐 허용하는 게 원칙이라곤 하지만 국제결혼을 한 부부 중 불편을 겪는 분도 많아요.

예를 들면 왜 부부가 다른 성이냐~부터 시작해서... 그러면 가족의 유대감이 없지 않나... 등등

진짜 부부 맞냐는 소리도 들었네요.

거기에 한국 이름을 쓰면 따라오는 시선과 차별

그런 분들이 많이 쓰는 게 '통칭명'이랍니다. 국적은 문제 없이 유지하면서, 배우자의 성을 빌려 일본 이름을 얻는 거예요.

여권에는 통칭명은 기재 X
일반서류 (보험, 면허 등)에서 힘을 발휘해요!

저도 한국 이름을 쓰면 차별이 많아 고민중...

국제결혼. 엄청 복잡해 보여도 사실 비자 문제만 잘 해결된다면 그렇게 어렵지도 않아요. 무엇보다 둘이 힘을 합치면 세상 든든!

Episode 05

부부별성

앞서 말한 대로 일본은 부부별성을 인정하지 않습니다.

'부부별성'이란, 혼인시 부부가 가진 고유의 성을 유지하는 제도입니다.

하지만, 일본에서는 부부별성을 인정하지 않아요

즉! 결혼하면 둘 중 한 명은 성을 바꿔야 합니다.

부부동성제도는 서양에서 흔히 볼 수 있죠. 이 경우 무조건 바꿔야 하는 건 아니지만 대부분은 여성이 남성의 성을 따릅니다.

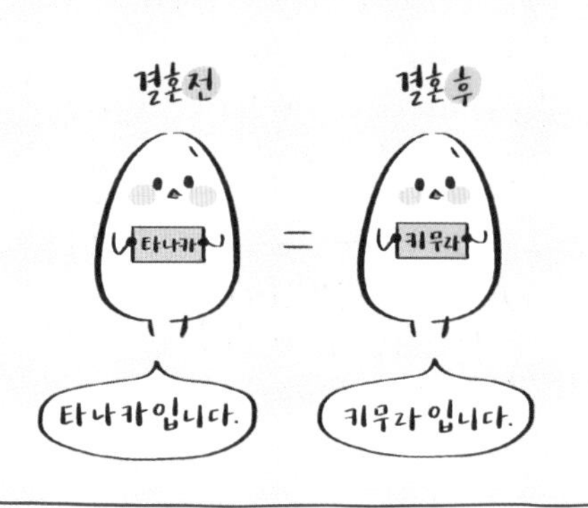

저는 외국인이라 이 제도와 상관없이 '별성'을 유지하고 있어요. 그런데 종종 일본 사람들에게 이런 말을 들어요.

그럼 부부공동체 느낌이 사라지잖아…

부부느낌 안날거 같아…

나중에 애기는 어쩌려고…

흠. 꼭 상대방의 '성'으로 바꿔야만
유대감을 느끼는 건
아니라고 생각해.
사실 여자가 당연히
남편의 성을 따라야 한다는
생각도 구시대적이잖아?

부부동성 제도로 여자는 혼인 후 모든 서류를 바꿔야 해요. 여권부터 시작해서 자신이 태어날 때 지은 이름으로 해온 모든 것을요.

아.. 저는 그냥
원래 이름으로 불러주세요. 쌓아온 커리어 때문에...

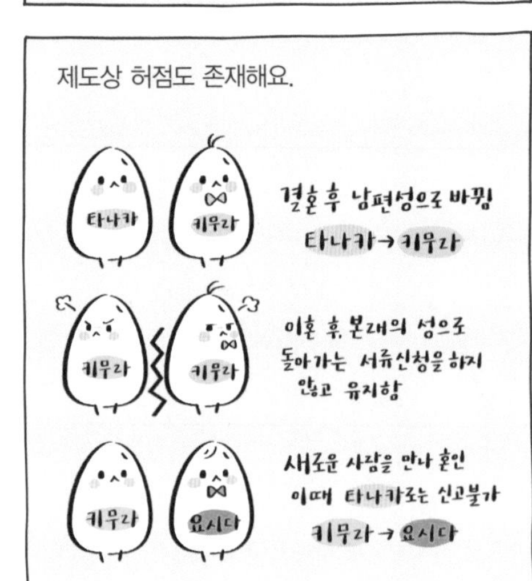

Episode 06

호칭

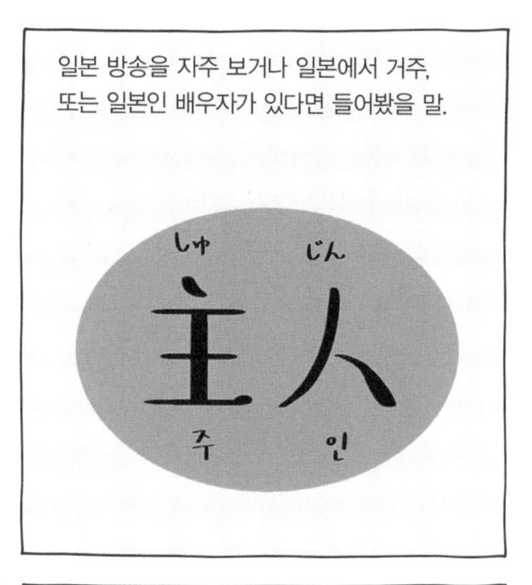

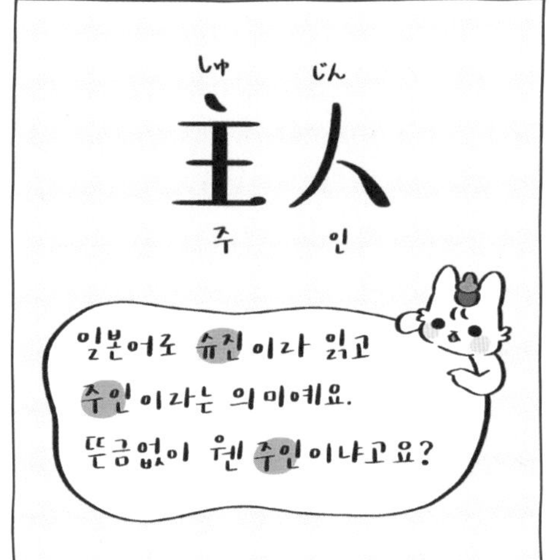

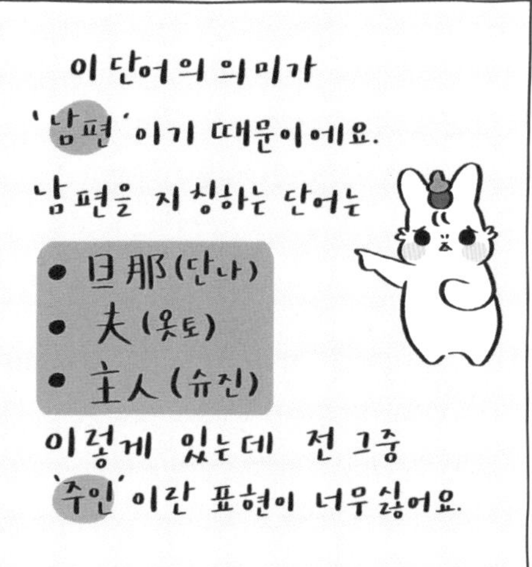

그러나 일상생활에서
너무 빈번히 사용되고,
존대의 표현으로 사용되는
ご主人 (고슈진)
일본은 일부 단어 앞에 '고'를 붙이면
존대 표현이 됩니다.

난 누군가의 소유물이 아냐
내 인생의 주인은 나라고!
주인이란
표현 쓰기 싫어

'로마에 가면 로마 법을 따르라'는
말에 일부는 동의 하지만..
그법이 현대에
맞지 않는다면
법을 고쳐야 하지 않을까

그런데 그거 아세요? '표준국어대사전'에
주인을 검색하면 이렇게 나와요.
주인
: 남편을 간접적으로
이르는 말
한국에도
존재했다니..

Episode 07

내 부인은 한국인

입사전
입사후
스트레스
피로
저녁시간도 없고, 눈치주고 대기업이라고 별반 좋은 것 없는 잔업의 나라, 일본..

하루는 토리가 이대로는 정말 안 되겠다며 한국으로 돌아가고 싶다고 했어요.
결혼했는데 저녁도 같이 못먹고.. 사람답게 살고 싶어... 그래! 회사랑 결판을 내겠어

저는 회사에 출근해 상사에게 이제부터 저녁 8시에는 꼭 집에 갈 거라고 단호하게 얘기했어요.
왜? 한국인 부인이 오래? 걔는 왜 네 발목을 잡아~
그러다 출세못해

남자 출세길 막는 최악의 부인이야
정신 차려 미래를 생각해
그것도 못참아? 일본여자랑 다르네
젊을때 고생해야 나중에 편하다~

상사에게 말도 안 되는 소리를 듣고 돌아온 밤, 집에는 제가 좋아하는 요리를 만들어놓고 기다려 준 토리가 있었어요.

오늘 너 좋아하는 크림스튜 해놨어!
회사는 힘들어?
그거 너 못 먹잖아
너 보니까 괜찮아

전부 다 털어놓지는 못해도, 토리에게 이야기를 하면 저보다 더 화를 내줘요. 그러면 속이 시원해지고, 보고 있으면 기운이 나요.

그러던 어느 날, 토리 엄마의 건강이
안 좋아지셔서 한국에 가는 것에 대해
주말에 얘기하기로 했어요.

뭐? 니 한국인 부인의 엄마 일로
연수를 안나오겠다고? 난 내 부인이
수술할 때도, 장인어른이 돌아가셨을 때도
회사를 지켰어. ↪ 뒷바라지 다하신 분

사장

그게 지금
자랑인 거야!??

부인의 엄마?
회사 입장에서는
가장 아래야
겨우 그런일로 쯧쯧
넌 결혼해서
실패한 인생이야

제가 너무 큰꿈을
꿨던 걸까요?

저녁 있는 삶,
그거 하나 바란건데

왜 부인 쪽 가족은
우선순위에서
멀어지나요?

'한국인 부인'이라서
참을성이 없는게 아니라
그냥 노동 환경이 구린 거잖아...

Episode 08

말실수 1

맛있게 음식을 먹고 나왔는데
그날따라 귀여운 척을 하고 싶었어요.

뭐지, 갑자기
격렬하게
'배나와땅!'을
외치고 싶다

여기서?!
엑!
해맑
웅!
통통
많이 먹었어

방귀를?!
여기서?
웃음 참는중
이제 눈치챔
꺄악
헐..
지지잖아
아, 아니! *오나라!
아니 *오나카라고!
*오나라 : 방귀
*오나카 : 배

뽀옹
그렇게 가게에서 배불리 먹고 방귀나 뿡뿡 뀐
사람이 된 토리였어요.

그래서 장금이 OST를 들으면
이렇게 들린대요
오나~라 오~나라
방귀~방귀~
바앙귀~
일본인에게 방귀노래로 들린다네요.

Episode 09

말실수 2

어??
나 아까
오시리라고
한거같은데
???

오시리 = 엉덩이
시오리 = 책갈피
아...
사라지고 싶다...

네!
한국의 전통 엉덩이요!
예쁜 걸로 골랐어요.
엉덩이
사왔어요
엑!?
정말요?!

한국전통 엉덩이?!
뭐지!! 뭘 준 거야

일본어 공부, 이렇게 했어요

갑자기 찾아온 교환학생이란 기회. 그 기회를 놓치고 싶지 않아 일본 유학을 가기로 마음 먹었어요. 하지만 준비 기간이었던 3개월 안에 일본어를 마스터 하기란 당연히 불가능했죠. 급하게 정해진 유학으로 준비 기간이 부족해 일본어를 못 했던 그 때. 무조건 고개를 끄덕이며 '네!'를 외쳤던 제가 이제 일본 거주 10년 차가 되었네요.

처음 왔을 때는 스마트폰이 갓 보급되던 시기라 단어를 검색하려면 전자사전이 필수였어요. 모르는 단어가 나오면 친구들과 대화하다가도 검색을 해서 의미를 암기했고, 바로 찾을 수 없는 상황에는 메모를 한 뒤 바로 단어를 검색하는 습관을 들였어요.

아, 제가 공부했던 방법 중 가장 재미있었던 건 일기 쓰기였어요. 일기에 과거의 일과 미래의 목표, 하고 싶은 일을 적고 친구들에게 보여주면서 첨삭을 받았어요. 그러면서 자연스럽게 저의 일상을 공유하며 공통 관심사로 대화를 이어갔는데, 저에겐 참 잘 맞는 방식이었어요. 당시 만난 일본인 친구들이 저를 정말 잘 챙겨준 것도 큰 도움이 됐는데요, '이 단어 대신 이런 표현도 사용해' 라던가 '요즘은 이런 표현은 잘 사용하지 않아'처럼 교과서에서는 실려 있지 않았던 정보를 얻기도 했어요. 저 또한 틀리는 것에 대한 두려움이 없었고, 오히려 '난 이제 일본 온지 1년이니까 한살이야!'라는 마인드로 당당하게 실수를 하고 다녔어요. 두려워서 겁을 먹고 말하지 않는다면 언어는 늘지 않아요. 많이 들은 얘기겠지만 이건 정말이에요.

그리고 동화책을 한 권 완독하는 것도 좋은 방법이에요. 동화책이라고 해서 쉽게 봤다간 큰 낭패를 보게 마련인데요. 의성어, 의태어가 많고 화자의 나이에 따라 말투가 달라지기 때문이에요. 초반에 꽤 까다로운 건 사실이지만 3개월 단위로 자신이 번역해놓은 동화책을 읽어보는 것도 하나의 재미예요. 얼마큼 성장했는지 알 수 있거든요. 음악을 들을 때도 마음에 드는 곡이 생기면 무한 반복으로 들은 뒤 가사를 손으로 옮겨 쓰고, 모르는 단어를 하나하나 찾아가며 공부했어요.

어느 정도 귀가 트인 뒤에는 대화할 때 사전을 최대한 사용하지 않도록 노력했어요. 그 대신 스스로 유추하려 노력했죠. 단어를 찾고 '아, 이런 단어구나' 하고 답만 아는 식으로 넘겨버리면 자신의 것이 되지 않더라고요. 앞뒤 문맥을 파악해 유추하다 보면 어느새 그 단어가 자신의 것이 되어 있어요. 참, 석사과정부터 해온 한국어 강좌도 일본어 실력 향상에 도움을 줬어요. 몸에 밴 듯 자연스럽게 습득한 한국어를 아무것도 모르는 일본인에게 기초부터 가르친다는 건 생각보다 많은 지식이 필요했고, 평소에는 사용하지 않던 단어도 사용해야 했거든요.

마지막으로 일본어를 공부하는 분들에게 하고 싶은 한마디가 있다면, 우리는 일본에서 외국인이에요. 그러니 일본어를 못한다고 주눅들거나 자신감을 잃지 않으셨으면 해요. 누구에게나 처음은 있고, 그 처음이 있어야 한 발 한 발 앞으로 나아갈 수 있는거니까요. 늘 즐거운 마음으로 자신만의 목표를 설정해서 원하는 목표 꼭 이루시길 바랍니다. 힘내세요!

도톤보리, 오사카

5장

조금은 불편한 여기는 일본

Episode 01

로리는 불법

'로리'입니다. 어린 아이를 성적 대상화하는 일명 '로리타 문화'인데, 일상에서 예능 소재로 흔하게 접할 수 있어요.

가까운 편의점만 가도 성인물 천지
아이들도 쉽게 접할 수 있는 위치

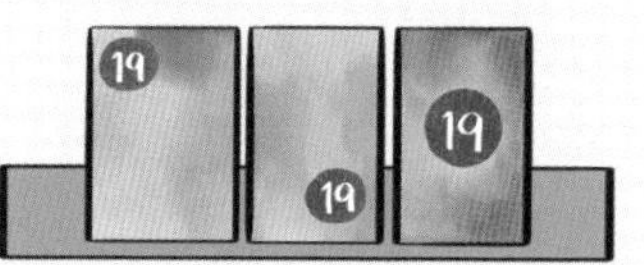

성인 여성이 거의 나체로 이상한 포즈를 하거나 어린이 같은 캐릭터가 성인물처럼 전시되어 있어요.

그중에서도 이해 안 가는 게 다 큰 성인이 유아기의 아이들처럼 행동하는 거예요.

본인이름(3인칭화)
○✿는 그건거 시져~
어~어.. (수동적표현)
그런 거 몰라요~
○✿씨

아니.. 왜저래
다 큰 어른이…
못봐주겠네

애니메이션도 한몫하고 있어요.
별볼일 없는 남자주인공
그런 남자 주인공과 사랑에 빠지는
모든 여자 캐릭터들
*설정은 성인인데, 말투와 얼굴은
영락없는 어린애

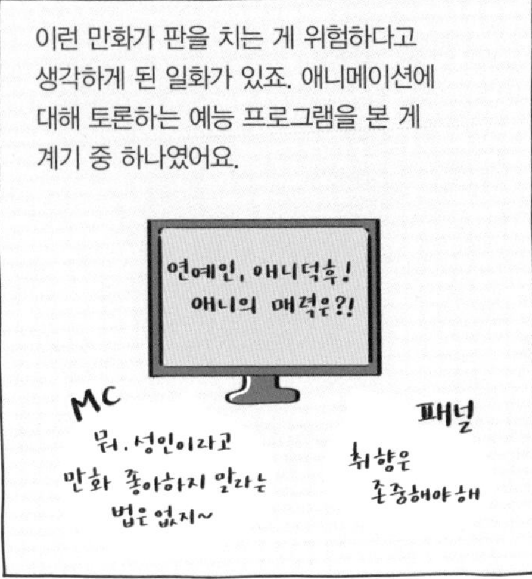
이런 만화가 판을 치는 게 위험하다고
생각하게 된 일화가 있죠. 애니메이션에
대해 토론하는 예능 프로그램을 본 게
계기 중 하나였어요.
연예인, 애니덕후!
애니의 매력은?!
MC
뭐, 성인이라고
만화 좋아하지 말라는
법은 없지~
패널
취향은
존중해야 해

아, 저 만화의 주인공
엄청 좋아한다며.
근데 걔 초등학생 아냐?
MC
만화에 빠지는 것 자체가
이해 안 간다던 MC

근데 말이죠,
저 나이여야 해요!
한.. 초등학교 5학년 정도?
농후한 매력이 있거든요.
흐흐
패널
MC
당신
나이가 몇인데!

어린애한테
농후한 매력?
미친 거
아냐???
방송은 그 발언을 한 남자가
'순수해서' 그런 거라며 마무리 짓더군요.

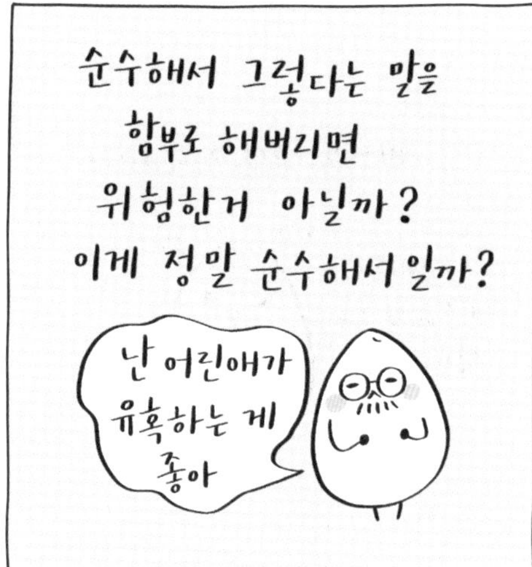
순수해서 그렇다는 말을
함부로 해버리면
위험한거 아닐까?
이게 정말 순수해서일까?
난 어린애가
유혹하는 게
좋아

TV를 보다보면 너무
당연하게 이런 이야기들이
흘러나와서, 가끔 '내가
이상한건가?'란
착각이 들 정도예요.

로리타 패션 또한, 로리타적 요소에
기반하여 만들어진 거라면
지양해야 하는거 아닐까?

개인의 성적 취향이지!
어린애를 더 좋아할 수도 있는 거지!

아이들을 보고 흥분하거나, 성적대상화 하는 것. 그 자체가 범죄 입니다. 너무 빈번하게 노출돼서 심각성을 모르나?
...

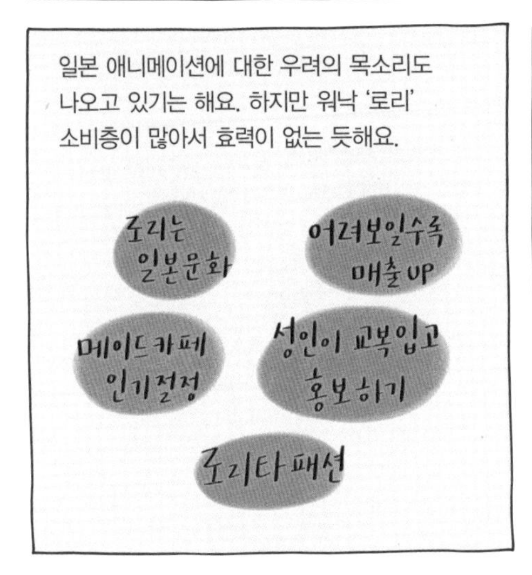
일본 애니메이션에 대한 우려의 목소리도 나오고 있기는 해요. 하지만 워낙 '로리' 소비층이 많아서 효력이 없는 듯해요.
로리는 일본문화
어려보일수록 매출 UP
메이드카페 인기절정
성인이 교복입고 홍보하기
로리타패션

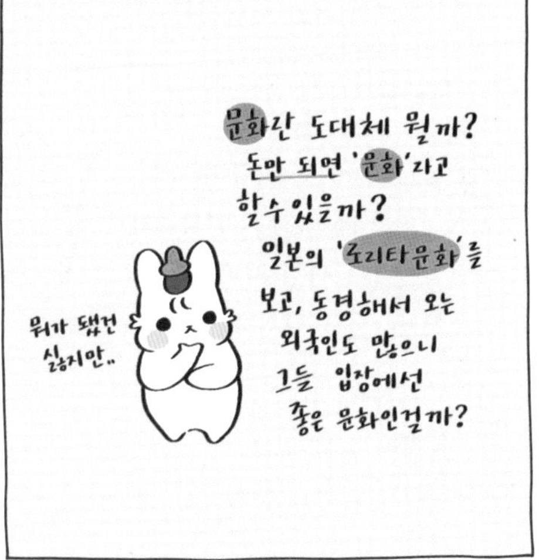
문화란 도대체 뭘까? 돈만 되면 '문화'라고 할수 있을까? 일본의 '로리타문화'를 보고, 동경해서 오는 외국인도 많으니 그들 입장에선 좋은 문화인걸까?
뭐가 됐건 싫지만..

Episode 02

남편 허락

반찬도 아침에
나온 건 안 먹어서
매일 요리 연구해요.
여자력 높다
저도 요리공부 좀
해야겠어요.

자기 없으면 밥 한끼
못먹는 남편이 답답하지 않나?

흠.. 뭐 태어난 시대가
다르니 별수 없나?
정말로
별수없는건가?
근데 내 또래도
저런 생각인 건
뭐 때문이지?

한국의 집사람 이나
일본의 오쿠상(부인)은 요즘 시대에
맞는 단어 일까?
*오쿠=구석
시대가 바뀌는 만큼
이런 표현들도
바뀌면 좋을텐데...

Episode 03

시모네타

일본에는 '시모네타'라는 단어가 있습니다.
개그의 일종으로 보는 사람도 있지만,
저는 일본의 이 문화가 너무 불편해요.

시모네타
下ネタ는 '음담패설'.
'성'을 농담 소재로 삼는 거예요.

성에 관한 이야기를 공공연하게 하는 걸 싫어하는 저에게 시모네타는 정말 충격적이었어요.

시모네타는 어디에서나 볼 수 있어요.
이게 성희롱 발언이라는 걸 모르는 것 같아요. 하는 사람이나 듣는 사람이나 너무 익숙해져버린 걸까요?

그중 몇 명은 저를 유난 떠는 한국인이라고 생각했겠죠.

특히 이런 저급한 개그는 연말 프로그램에서 더 자주 볼 수 있는데, 연말 특집으로 24시간 방송하는 프로그램의 끝 무렵이 정말 심해요.

거의 전라의 남성들이 천조각만으로 중요 부위를 가린 채로 나오는 데다 내용들도 너무 추잡해요.

항문에 공기를 주입시켜 '누가 더 방귀를 잘 참나' 내기를 하거나, 거의 성기가 보일 만한 천 조각만 걸치고 중요 부위를 때리는 등 한국인의 정서와는 너무 맞지 않아요.

전라의 남자들이 뜨거운 우동을 몸에 뿌려가며 넘어지고, 그걸 보고 웃고, 정말 놀랐어요. 끝까지 익숙해지지 않을 것 같아요.

Episode 04

아날로그 감성?

일본에 살다 보면 어릴 때로 돌아간 것 같은 착각이 들 때가 있어요.

과거여행 하는기분

쿵짝

쿵짝

그중 하나, 행정 시스템이 특히 이런 경향이 있는데 E-mail이나 SNS를 이용하면 될 것을 굳이 지면을 이용해 연락해서예요.

지면낭비 자원낭비 인력낭비

라고 생각하는데..

둘, EMS를 보내면 실시간 카톡으로 연락이 오는 한국과 다르게, 일본은 상대방이 받은 뒤 그 사실을 알리는 엽서(!)가 옵니다.
(그것도 신청해야 가능)

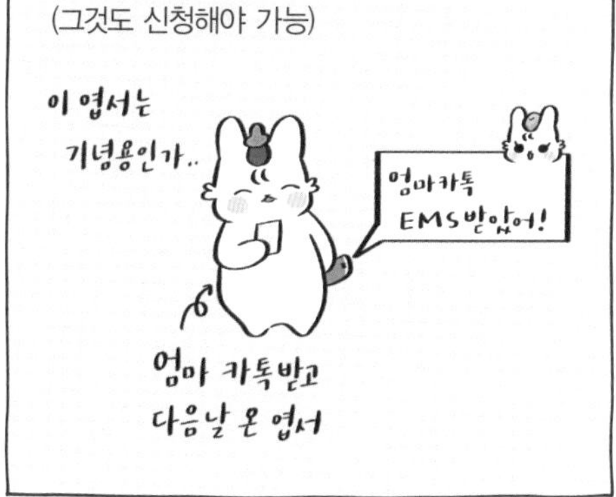

셋, 저는 외국인이라 참여 불가지만, 선거 방식도 아날로그랍니다.

종이에 후보자 이름을 정확하게 다~써야 한다고?

한글에 비해 획도 많은데, 왜 도장을 사용하지 않지?

넷, 입금해도 바로 반영되지 않는 은행 시스템.

평일 업무 시간이 아니면, 인터넷 뱅킹 X

아니.. 왜 바로 반영이 안 되는거야..

다섯, 운전기사가 거스름돈을 주지 않는 버스 시스템.

*운전기사가 잔돈을 거슬러주지 않아요!

천엔 이상일경우 운전기사분께 교환요청

구간마다 금액이 다른경우 승차권을 뽑아두세요.

미리 동전으로 바꿔야 해요.

일곱, 일부 국·공립학교나 병원의 노후한 시설.

아직도 선풍기로만
생활하는 학교가 많아요.

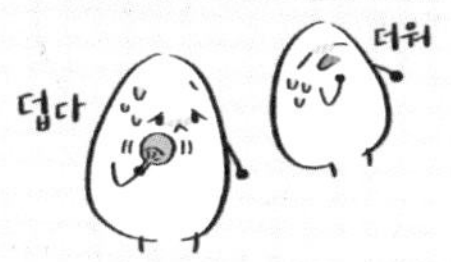

*무조건 챙겨야 하는 의료보험증
*병원마다 다~달라서 모두 챙겨야 하는 진료카드
*한국과 달리 전산시스템 도입이 안 되어 있어요.

여덟, 가격에 비해 성능과 디자인이 현격히 떨어지는 가전제품.

집 자체가 작고 좁은 일본
세탁기로 이불 돌리는 건 꿈.
같은 가격이면 한국에서는
훨씬 더 좋은 성능의
가전을 살 수 있답니다.

아홉, 본적 주소지가 아니면 호적등본을 발급 받을 수 없어요.

열, 현저히 낮은 카드 사용 비율!

카드 좀
쓰게
해줘

카드

어째서
대형체인점에서도
카드 사용이 불가
한 건가요!!

요즘 세상이 어떤세상
인데. 사용률이 20% 정도라니
→ 일본경제산업성 2019년
통계 데이터

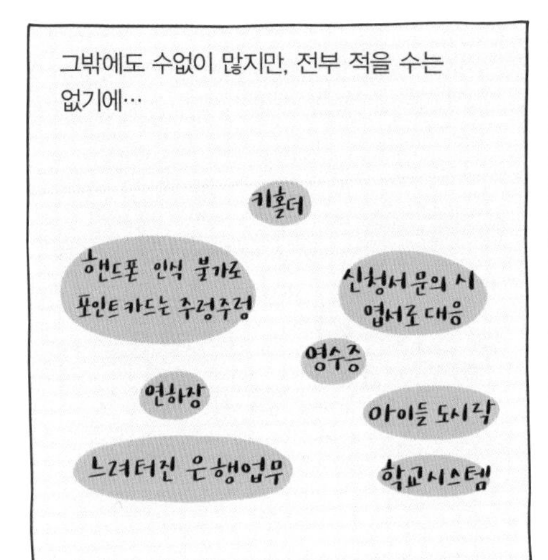
그밖에도 수없이 많지만, 전부 적을 수는 없기에…
키홀더
핸드폰 인식 불가로 포인트카드는 주렁주렁
신청서 문의 시 엽서로 대응
영수증
연하장
아이들 도시락
느려터진 은행업무
학교시스템

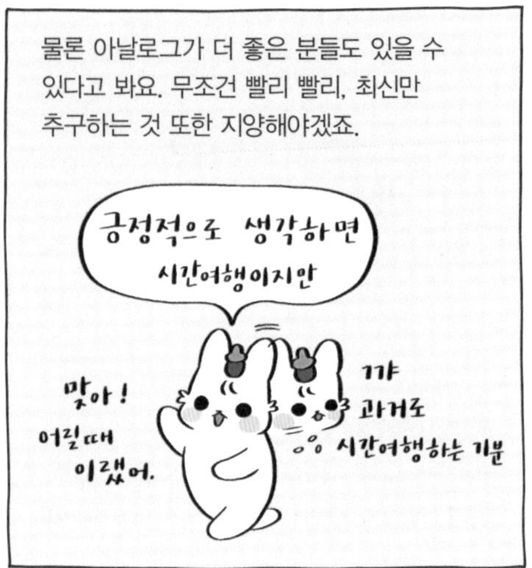
물론 아날로그가 더 좋은 분들도 있을 수 있다고 봐요. 무조건 빨리 빨리, 최신만 추구하는 것 또한 지양해야겠죠.
긍정적으로 생각하면 시간여행이지만
맞아! 어릴때 이랬어.
꺄 과거로 시간여행하는 기분
슝

불편한 것도 사실이에요 요즘 시대에 맞게 발빠르게 움직였으면…
오히려 뒷걸음질치는 기분인걸..
발빠르게 변화하는 주변국
일본

'2020년 도쿄올림픽'을 앞두고 개선하려 시도하고는 있지만…
제가 보기엔 '변화'를 조금 두려워하는 듯해요.

Episode 05

한국에서 가져오면 좋은 것

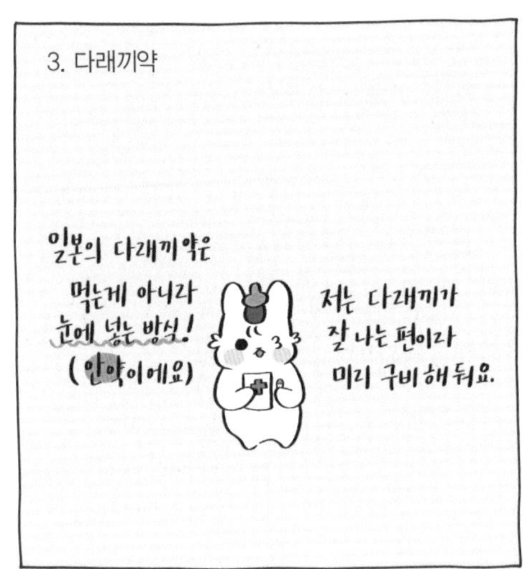
3. 다래끼약
일본의 다래끼약은 먹는게 아니라 눈에 넣는 방식! (안약이에요)
저는 다래끼가 잘 나는 편이라 미리 구비해둬요.

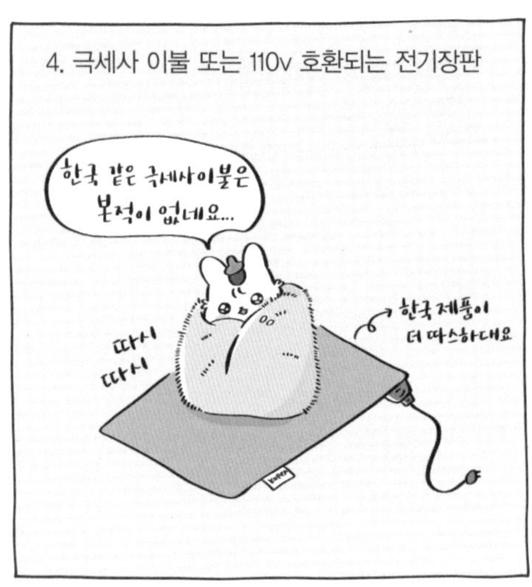
4. 극세사 이불 또는 110v 호환되는 전기장판
한국 같은 극세사이불은 본적이 없네요...
따시 따시
한국제품이 더 따스하대요

5. 수건
제 기준에 일본 수건은 조금 얇더라고요. 한국 오가며 조금씩 가져오면 좋아요!
뽀송
폭신

다시다, 고추장은 쉽게 구할수 있어요.
그밖에도 조미료(간장,된장) 고추가루, 사골 가루 등! 한국음식이 먹고싶으면 만들어 먹을 수 있도록
이거랑 저거랑
안경도 일본은 만홍이 비싸니 맞춰 오시는게 좋아요! 증명사진도 한국이 더 저렴하고 좋답니다.

Episode 06

여자력

수없이 쏟아져 나오는 소위 여자력에 대한 정보지와 TV 방송들… 사회가 원하는 여자력은 정말 여자의 힘일까요? 그 힘은 여자에게 도움이 되나요?

남자에게 사랑 받는 여자!
음식은 남기자
청소, 절약
꾸밈
여자력 UP
가사일
요리
베이킹
청소 잘하는 법
육아도 몸매도 완벽
여성필수 다이어트
설거지

제가 교환학생으로 왔던 2010년엔 이미 '여자력'이란 단어를 표준어처럼 쓰고 있었어요. 문제는 이 단어가 아직도 사용되고 있다는 점이에요.

회사 업무와 관련 없는 '여자력'으로 지적 받아도

여자라서 '여자력'을 강요받아도

화가 나지 않는 걸까요?

"여자력 높다~"

여자력이라는 건 '여자가 가진 힘'으로 해석될 수 있지만, 일본에서는 가사일, 세탁, 화장, 옷차림, 요리 등을 잘한다는 의미에만 국한돼 쓰이고 있어요. 비교하자면 현모양처와 비슷한 의미인데요, 왜 여자의 힘이 가사 노동과 요리 같은 집안일에 한정되는 걸까요? 이 말은 제가 유학 오기 전, 그러니까 거의 10년 전부터 쓰였는데 아직도 사용되고 있답니다. 칭찬의 의미로요! 심지어 여자력을 높여주는 노하우가 가득 담겼다는 책이 출간되고 베스트셀러가 될 정도로 실생활에서 널리 쓰이고 있어요.

여성 스스로도 머리 모양이 예쁘지 않거나, 화장을 하지 못하면 마치 반성하듯 '아… 난 왜 여자력이 없을까…'라고 읊조리곤 합니다. 또 요리를 해서 도시락을 싸오면 여자들끼리 '여자력 높다!!'는 칭찬 아닌 칭찬을 하고요. 들어도 전혀 기쁘지 않은 이 칭찬의 말. 빨리 사라지게 되면 좋겠어요. 여자의 힘은 더 다양하고 강인하니까요.

Episode 07

민폐에 대한 생각

일본어로 '민폐'는

めいわく
迷惑 라고 씁니다
메이와쿠

; 귀찮음, 성가심, 괴로움, 민폐 등의 의미를 가지고 있어요.

전에 유명 배우의 배우자가 불륜을 저지르고,
그 배우가 나와 대신 사과하는 일이
있었어요.

꾸벅

저의 배우자가 물의를 일으켜 정말 죄송합니다

민폐를 끼쳐 정말 면목이 없습니다.

사실 누구보다 아프고 힘든 사람은 그 배우 아닐까요? 대체 민폐의 기준이 뭐기에 피해자가 사과하게 만드는 거죠?

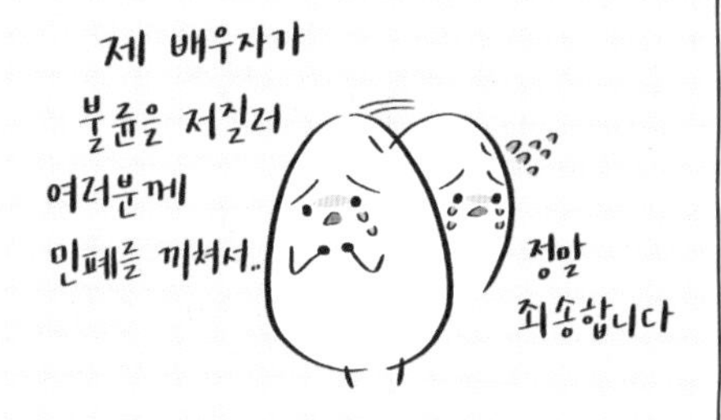

슬픈 걸 슬프다고 내색했을 때, 그걸 민폐라고 생각하는 걸까요?

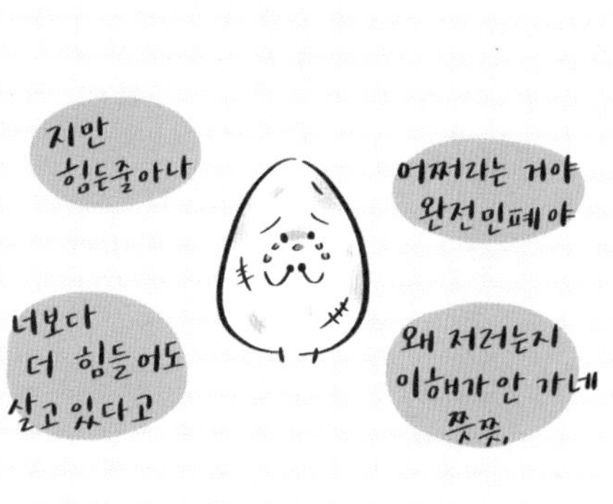

물론 다른 사람에게 폐를 끼치는 건 절대 올바른 행동이 아닙니다. 다만 일본의 '민폐'에 대한 개념이 혼란스러울 때가 종종 있어요.

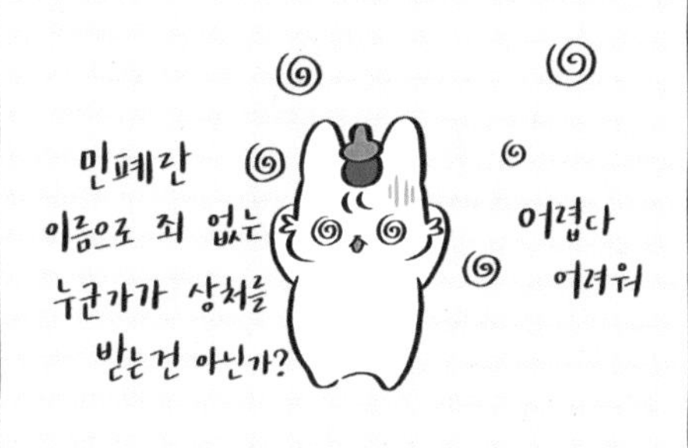

여유를 잃은 사회상의 반영일 수도 있고, 삶 속에 단단히 자리잡은 고정관념의 표출일 수도 있겠죠. 다만, 그 기준에 대해 한 번쯤 생각해봐도 좋을 것 같아요.

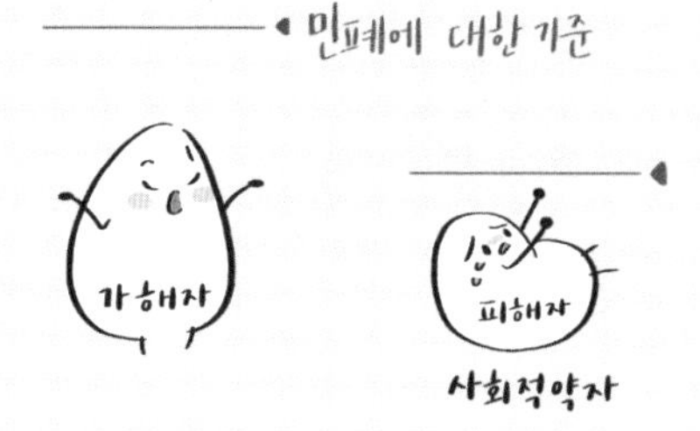

Episode 08

담배

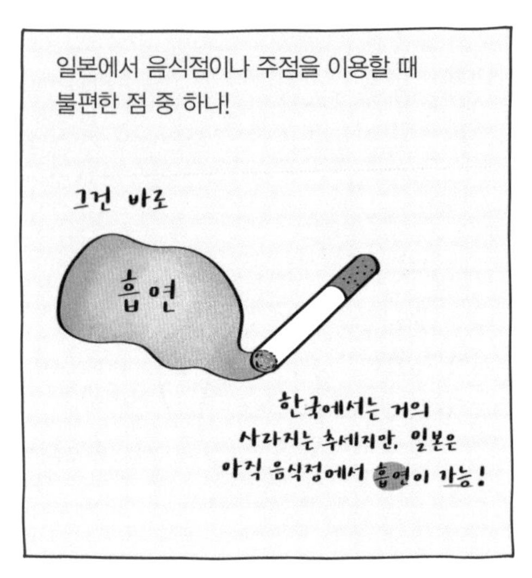

개인적인 견해가 되겠지만, 특히 제가 놀란 점은 아이들을 동반하고 있을 때의 흡연이에요.

참아

엄마~ 아빠…
나 눈아파

후~

사내놈이 이 정도도?
시끄러워. 참아!

유모차를 끌거나 아이를 안은 채 담배를 피우는 부모도 많고요.

길거리에 흡연 구역이 많이 설치된 점과 휴대용 개인 재떨이를 소지하는 사람이 많은 건 좋지만

담배를 피우지 않는 사람들도 기분 좋게 식사나 음주를 즐길 수 있게 바뀌면 좋겠어요.

Episode 09

일본 영어

한국에 '콩글리쉬'가 있는 것처럼 일본에도 '와세이에이고=일본제 영어'가 존재해요

한국이나 일본, 두 나라 다 영어권이 아니라서 발음에 대해 말하기가 조금 조심스럽지만...

이런 일이 종종 있었어요.

일본 영어의 특징은 'g' 발음을 살린다는 것과 'r' 발음을 늘려 말한다는 거예요.

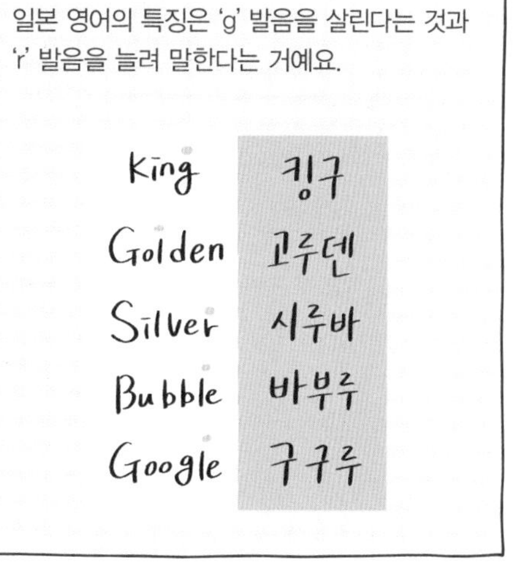

그 밖에도

The는 ザ(자)로 발음하거나
단어가 유입된 시기에 따라
표기가 다른 단어도 존재해요.

Radio ラジオ 라지오
Audio オディオ 오디오

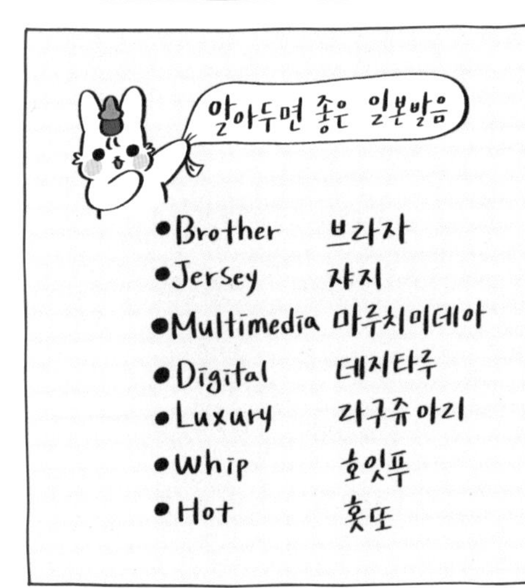

Episode 10

화분증

일본의 국민병이라고 불러도 이상하지 않은 이것, 화분증(花粉症). 일본 정부의 통계에 의하면 일본인의 20~25%가 화분증으로 고생한다고 합니다.

한국에서는 주변에 꽃가루 알레르기인 지인이 없어서 다소 생소했던 일본의 '화분증'.

매년 봄이 되면 기상예보 때 '화분량'에 대해 말해주는 것도 신기했고

자신이 어떤 알레르기를 가지고 있는지 알고 있는 것도 신기했어요.

화분증의 대표적인 증상으로는 이런 게 있어요.

봄 시즌이 피크라서 이때는 감기가 아니어도 마스크를 착용한 사람이 많답니다. 그래서 이런 오해도 생기더라고요

일본에 화분증 환자가 많은 이유는 일본 어디를 가나 볼 수 있는 삼나무 때문이라고 합니다.

2차 대전 후 국가정책의 일환으로
대량의 삼나무를 심었으나

외국수입 나무와 가격 경쟁에서 밀린
일본 삼나무는 팔리지 않았고, 설상가상으로
20년 후쯤부터, 꽃을 피우기 시작한 것

또 화분증은 체내에 축적되어 발병하는 증상이라 일본인뿐 아니라 외국인도 걸릴 수 있어요.

각자의 발병 기준량이 달라요

10년거주자 4년거주자 2년거주자

예방할 수 있는 방법은

1. 외출시 마스크 착용
2. 빨래 건조는 실내에서
3. 귀가시 겉옷 털고 들어오기
4. 미리 약 먹어두기 등!

점점 반갑지만은 않은 계절이
되어버린 봄이지만
힘내서 버텨보아요!

케이분샤, 교토

6장

그래도 이곳에

Episode 10

일본 문화 파워의 원천, 만화

일본은 세계 어디서나 애니메이션 강국으로 통할 만큼 많은 인기작을 보유한 나라예요.

든든해

일본

수많은 인기작

애니메이션으로 지역활성화

인재육성

일본극장판 흥행수입 663억엔

일본 동영상 협회 <애니메이션산업레포트> 2019

지금까지도 일본에서 인기가 있는 걸 보면 정말 놀라워요.

이미 성인이 된 이들의 향수를 자극하여 다시 찾게 하고, 그 다음 세대에게도 사랑을 받는 애니메이션이 수없이 많다는 점이 정말 부러워요.

한 나라의 문화를 좋아하게 되는 데에는 사람마다 각자 다양한 이유가 있겠지만 가장 쉽고 친근하게 알릴 수 있는 도구 중 하나가 바로 애니메이션이 아닐까 해요.

친근한 캐릭터

알기쉬운 내용

재미와 흥미

자연스럽게 관심을 가짐

실제로 제가 일본에서 만난 외국인들의 유학 동기 중 90%가 일본 애니메이션이었다는 놀라운 사실!

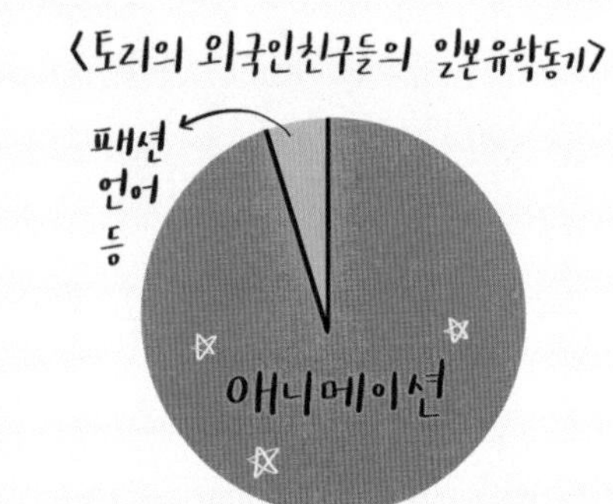

애니메이션으로 접한 일본이라는 나라를
조금씩 알게 되고, 만화에 나온 장소에
실제로 가보거나

일본의 문화를 직접 체험하기 위해
오는 사람들.

한때 한국은 애니메이션과 게임 산업을
저급한 문화로 치부한 적이 있었는데

일본의 관광 산업 성장률을 보면 좋은 기회를
놓쳤다는 생각을 지울 수가 없어요.

Episode 02

새로운 관점

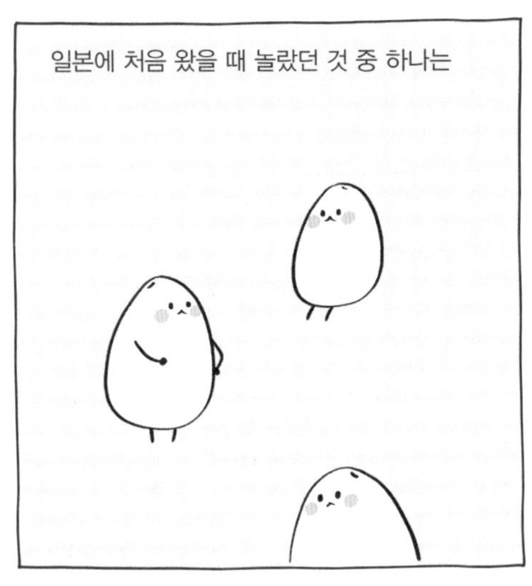

장애인이 많은 것이 아니라
활동하기 편해서
외부 활동이 많은 것이었거든요.

버스는 정차할 때 노인이나 휠체어를 탄
승객이 내리기 편하도록 살짝 버스가 기울고
살짝 기울어요.

지하철은 장애인이 탑승하기 쉽게 발판을
들고 역무원이 대기하고 있어요.
네! 연락 해
놓겠습니다
난바역으로
가려고요
발판

그리고 내리는 역에서는 다른 역무원이
기다려준답니다.

횡단보도에는 시각장애인을 위한
음향신호기가 설치돼 있어 안전하고요.
사거리의 경우 소리가 달라요.
삐요
카칵코-
소리로 방향을 알 수있어요
삐요 삐요
카칵코-
한국에도 있지만 더 보편적이고 섬세해요.

혼잡한 유원지나 관광지에서도 장애가 있는
사람들을 쉽게 볼 수 있으니 얼마나 시설이
잘돼 있는지 알 수 있겠죠?
그러고 보니, 유원지나 관광지에도 장애인이 있는 걸 신기해하는 것 자체가 편견이구나...

그리고 무조건 장애인을 도와야만 하는
존재로 보지 않는 점도 신선한 충격이었어요.

어릴 때부터 장애인은 불쌍한 이들이니
꼭 도와야 한다고 들어온 저는
장애인을 보면 꼭 도와주는 사람이 되자
거동이 불편한 사람을 도와주자
끄덕
끄덕

그게 얼마나 주제넘고 얄팍한 생각이었는지
깨닫게 됐어요.

장애인이 비장애인과
동일하게 누릴 수 있는
권리를 위해 시설과 제도에
힘을 쏟으면서도

건물의
낮은 턱

재난시
자막·수화로 알림

동정의 대상으로
바라보지 않는 나라.
일본에서 한 값진 경험이에요.

Episode 03

디저트가 선사하는 즐거움

좀 성급한 일반화가 될지도 모르지만,
많은 일본인들은 미각 못지않게 시각적인
면도 중요하게 생각하는 것 같아요.

음식은 눈과 입으로
느끼는 거야!

시각 또한 중요시
하는 포리

Episode 04

전통을 지킨다는 것

2010년 교환학생으로 일본에 온 후
다시 이곳으로 돌아와 석사과정을 밟기로
결심한 계기 중 하나는

다시 일본에 가서 공부할래!

결심

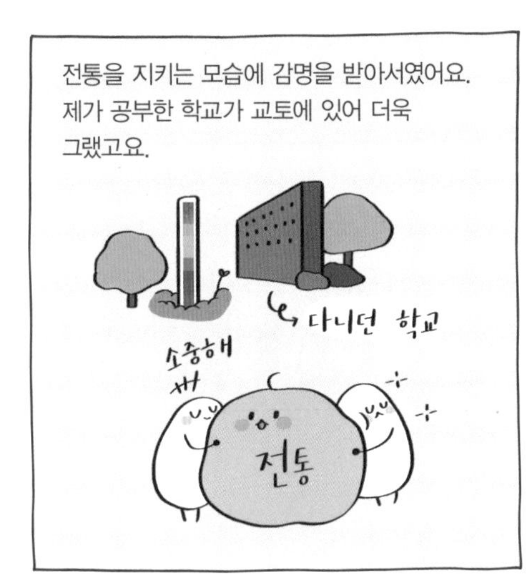

축제나 기념일이면 젊은 사람들도 유카타나 기모노를 즐겨 입는 모습은 신선한 충격을 주었답니다.

고백하자면 전 '전통 = 촌스럽고 따분한 것'이라는 고정관념을 갖고 있었어요.

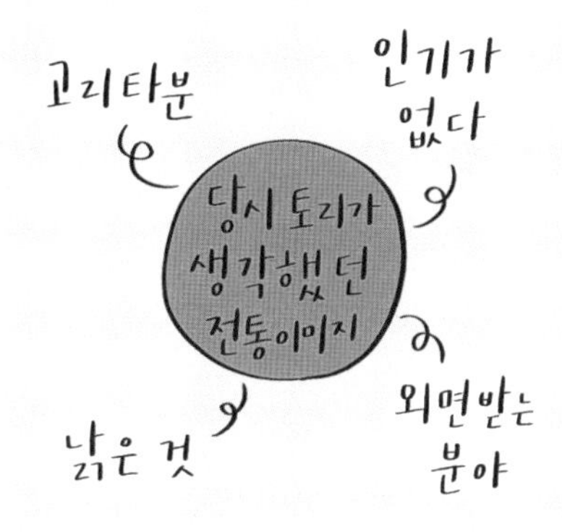

그런데 일본인들이 전통 문화를 자연스럽게 즐기고 또 계승하는 것을 보니 부끄러운 마음이 들더라고요.

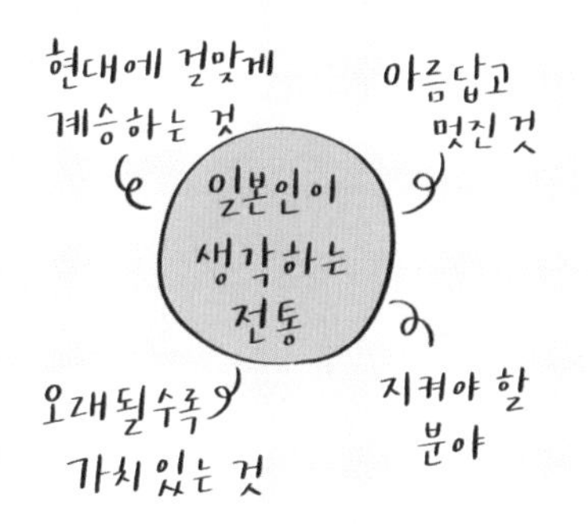

특히 일본의 3대 축제 중 하나인 기온마츠리에 갔을 때 나라 출신 친구가 입고 온 유카타가 기억에 남아요

유카타가 없는 절 위해 서로 다른 디자인으로
두 벌을 가져다줬는데, 할머니와 어머니가
입으시던 걸 물려받았다고 했어요.
이건 할머니가 입었던 거라 조금 낡긴 했지만, 네가 좋아 할색이고
이건 우리 엄마가 입던거야!

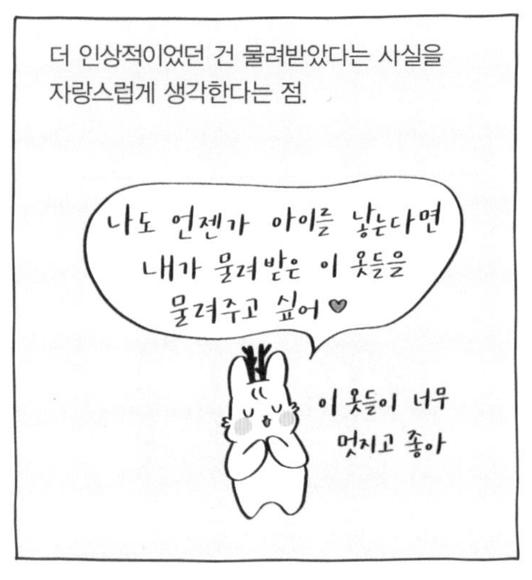
더 인상적이었던 건 물려받았다는 사실을
자랑스럽게 생각한다는 점.
나도 언젠가 아이를 낳는다면 내가 물려받은 이 옷들을 물려주고 싶어
이 옷들이 너무 멋지고 좋아

일본은 가족 대대로 경영한 탓에 100년이
넘은 음식점들이나 과자점이 많아요.
1847년에 만들어진 별사탕가게 '료쿠주안 시미즈'
尾張屋
1465년부터 영업을 해온 교토 '오와리야' 본점 (소바집)

가족이 정해준 미래를 걸어간다는 건
쉬워 보일 수도 있겠지만 실제로는
정말 어렵고 힘든 길이라고 생각해요.
정해진 길

하지만 그럼에도 수십, 수백 년을 이어가는 가게들을 보면 대단하다는 생각이 들어요.

왠지 부럽다는 마음도 들고요.

건물을 다시 지을 때도, 옛 건물을 추억할 수 있는 기둥이나 다른 무언가를 꼭 남기려고 하는 점이 멋지게 느껴졌어요!

Episode 05

편의 그 자체, 편의점

일본의 편의점은 정말 '편의'에 중점을 둔 장소예요. 어떤 면에서 편리한지 살짝 소개해 볼게요.

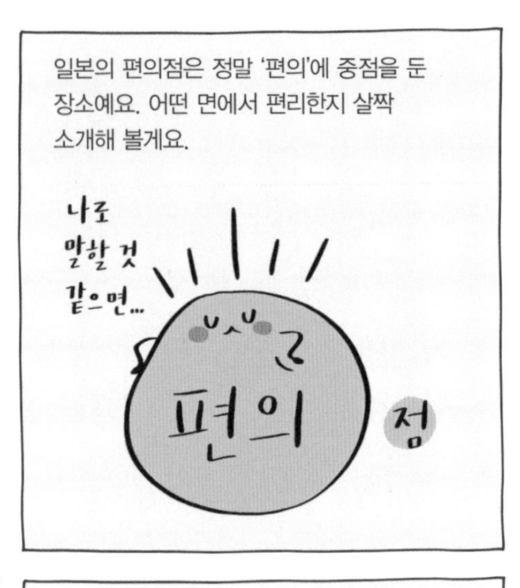

하나, 가장 편리하다고 생각하는 것은 바로 화장실인데요, 관광객이 붐비는 곳은 제한이 있을 수도 있지만 대부분의 편의점은 화장실을 무료로 이용할 수 있어요.

둘, 스캔이나 복사, 사진 인화도 편의점에서 가능해요.

셋, 특정 편의점의 경우 작가와 콜라보한 일러스트 작품을 저렴한 가격에 구할 수 있어요.

넷, 맛있는 음식들. 편의점 음식이라면 편하게 한끼 때우는 용도라고 여겨 '맛'을 기대하지는 않았는데요, 편의점 왕국 일본은 업체들이 서로 치열하게 경쟁하며 싸고 맛있는 음식을 선보이곤 해요.

계절 한정품이나 콜라보 제품을 보는 재미도!

전통을 생각하는 마음

'너 뭐 해먹고 살래?' '대학원 진학? 디자인 전공한 사람은 빨리 취업해서 경력을 쌓는 게 훨씬 나아.' 미술을 전공하면서 참도 많이 들었던 말이에요. 반면에 10년 전 교환학생으로 처음 일본에 왔을 때 가장 인상 깊었던 건, 디자인 전공으로 대학원에 진학하는 학생들이 많다는 점이었어요. 일본에서는 학사와 석사의 연봉이 다르고, 실제로 대부분의 기업 사이트에서 이를 확인할 수 있더라고요. 한국에서는 '석사까지 나와서 뭐하게?'라는 반응들만 접해왔기 때문인지 그 점이 무척이나 매력적으로 다가왔고, 다시 일본 유학을 결심하는 계기가 되었죠.

학교마다 시스템이 서로 달라서 '일본의 교육은 이렇습니다!'라고 잘라 말하기는 어렵지만, 제가 다녔던 학교엔 연구비를 학생을 위해 사용하는 좋은 시스템이 있었답니다. 공부를 하다 필요한 재료나 서적이 있으면 담당교수님께 상의하고 검토 후 지급받을 수 있었는데, 돈이 부족한 유학생인 제게는 그야말로 단비 같은 제도였죠. 저작권관련법을 엄격하게 준수하고 폰트와 프로그램도 하나하나 구입해 철저하게 관리하는 모습도 인상적이었어요.

제가 다시 일본행 비행기를 타게 된 또 하나의 중요한 이유는 바로 '전통을 생각하는 마음'이었어요. 제가 다녔던 학교에는 교토의 전통공예와 디자인을 접목시키는 수업도 있었는데, 전통공예 장인과 아이디어를 나누며 작업하는 내내 영감을 얻고 기술도 배울 수 있었어요. 닫힌 강의실 속의 자기만족으로 끝나지 않고 '어떻게 하면 상품화시킬 수 있을까', '고객들의 이목을 집중시킬 수 있는 방법은 뭘까' 연구하는 이 프로젝트가 전 무척이나 즐거웠어요.

또 학교라는 울타리 안이었기 때문일 수도 있겠지만, 간단한 일러스트를 그려도 그에 대한 보상을 받았고, 이런 보상은 자신감을 북돋는 데 큰 도움이 되었답니다. '노력하면 인정받고, 그에 대한 보상도 받을 수 있다'는 것을 일본에서 디자인을 공부하면서 느끼게 된 거죠. 이미 말씀드린 대로 후회되는 일도 있었고 상처도 많이 받았지만, 다시 10년 전 그때로 돌아가도 전 일본 유학을 선택할 것 같아요.

카이유칸, 오사카

7장
처음과 지금의 일본
海遊館OSAKA

Episode 01

처음과 지금의 일본

너무나도 낯설어지고, 힘들어진 게…
답답한 행정
스토커
외국인 차별
혐한
폭행

다른 사람들 눈치를 안 보고 살 수 있는 곳이 일본이라는데…
무슨 옷차림을 해도 신경 안 쓴대
남 눈치 안보고 살수 있다던데?

막상 살다 보면 여기처럼 남 눈치를 봐야 하는 나라도 없는 듯해요.
남과 다른 건 민폐다
그건 남과 달라
튀지마라

세심하고 꼼꼼하다 자랑하는 일본이지만
꼼
꼼

까놓고 말하면 세심한 게 아니라 그냥
'답답한' 경우도 많아요. 특히 행정 처리.

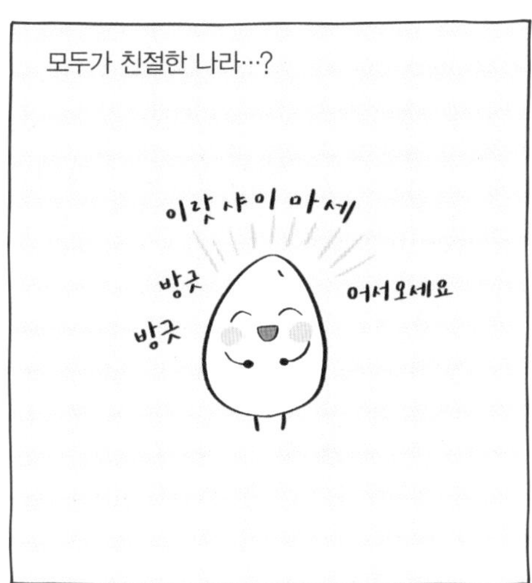
모두가 친절한 나라…?
이랏샤이마세
방긋
방긋
어서오세요

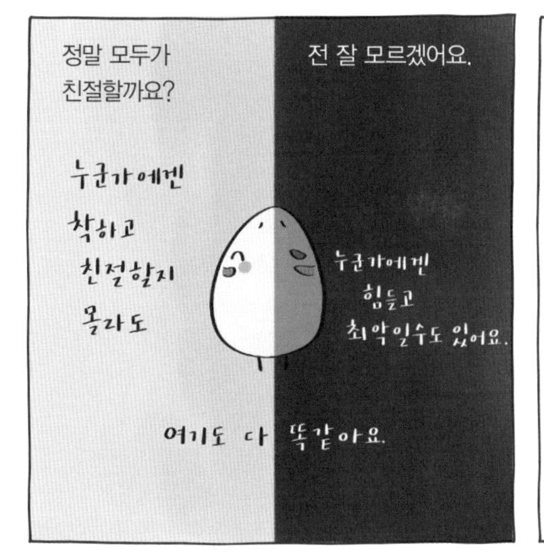
정말 모두가
친절할까요?
전 잘 모르겠어요.
누군가에겐
착하고
친절할지
몰라도
누군가에겐
힘들고
최악일수도 있어요.
여기도 다 똑같아요.

총대를 메려고 하지 않는 사람들.
불만을 표현하지 않으려 하는 사람들.
당신들도
불만 있다며
왜 아무도
나서지 않아?

변화를 두려워하는 사람들.
과도한 평가절상상태
꼭 버블경제시대에 사는 사람같아
옛날 방식 고집
일본이 최고
이대로가 좋아! 당시 일본은 이랬어!

특히 일본의 취업 시험을 위한 옷차림은 일본 사회의 경직성을 잘 표현한 듯해요.
남과 달라선 안돼! 같아야 해

미디어에서 연일 외치는 '일본 대단해!'를 맹신하며 정말 일본만이 우수하다고 생각하는 사람들.
일본이 최고야
역시 일본!
TV에서 그랬는걸

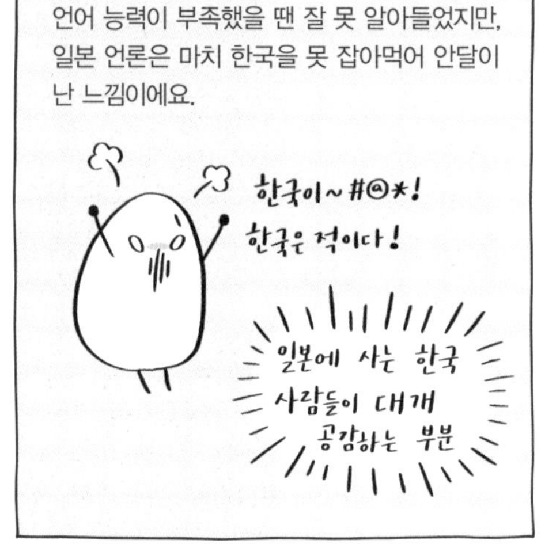
언어 능력이 부족했을 땐 잘 못 알아들었지만, 일본 언론은 마치 한국을 못 잡아먹어 안달이 난 느낌이에요.
한국이~ #@*!
한국은 적이다!
일본에 사는 한국 사람들이 대개 공감하는 부분

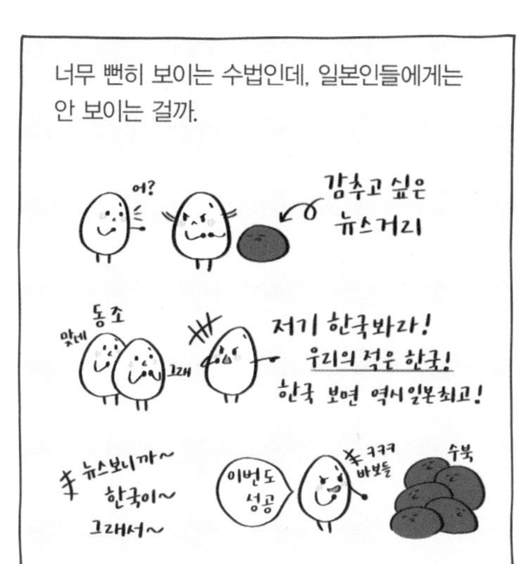
너무 뻔히 보이는 수법인데, 일본인들에게는
안 보이는 걸까.
어?
감추고 싶은
뉴스거리
동조
맞네
그래
저기 한국봐라!
우리의 적은 한국!
한국 보면 역시일본최고!
뉴스보니까~
한국이~
그래서~
이번도
성공
ㅋㅋㅋ
바보들
수북

여기서 아무리 열심히 해도

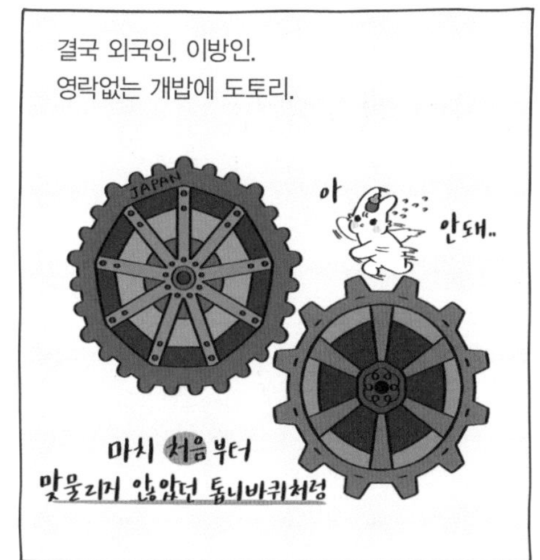
결국 외국인, 이방인.
영락없는 개밥에 도토리.
JAPAN
아
안돼..
마치 처음부터
맞물리지 않았던 톱니바퀴처럼

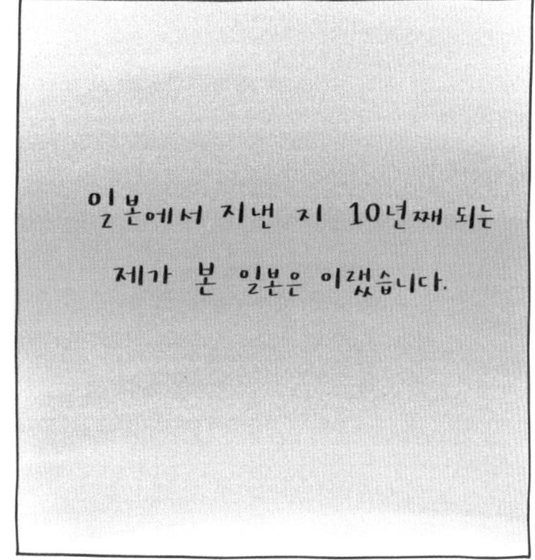
일본에서 지낸 지 10년째 되는
제가 본 일본은 이랬습니다.

이건 제가 보는 일본일 뿐,
저와 같은 생각을 하지 않는
사람들도 분명 존재 할 거예요.
...
?
...?

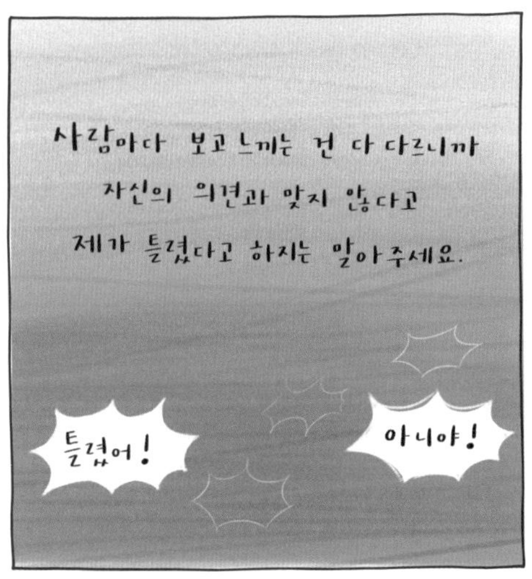
사람마다 보고 느끼는 건 다 다르니까
자신의 의견과 맞지 않는다고
제가 틀렸다고 하지는 말아주세요.
틀렸어!
아니야!

유학으로 온 사람의 시야와
가족때문에 온 사람의 시야가 다르듯,

여기서 무얼 얻건,
어떤걸 잃건,
그건 제각각 다를 테니

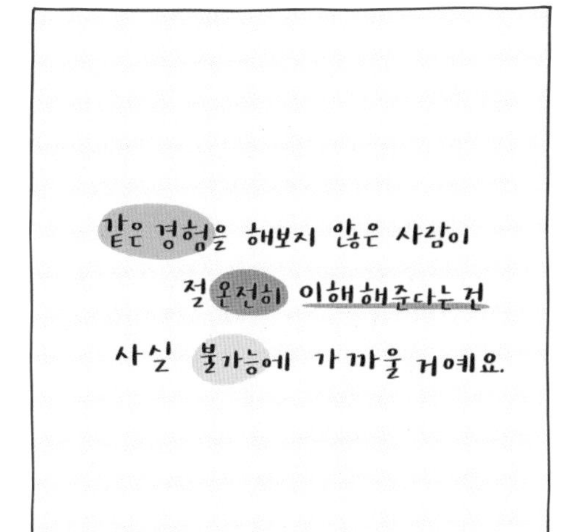
같은 경험을 해보지 않은 사람이
절 온전히 이해해준다는 건
사실 불가능에 가까울 거예요.

저라고 매번 싫은 일만 있었던 건 아니에요.
하지만…

좋은 일이 잔잔한 파도라면

나쁜 일은 준비없이
찾아오는 '쓰나미' 같아요.

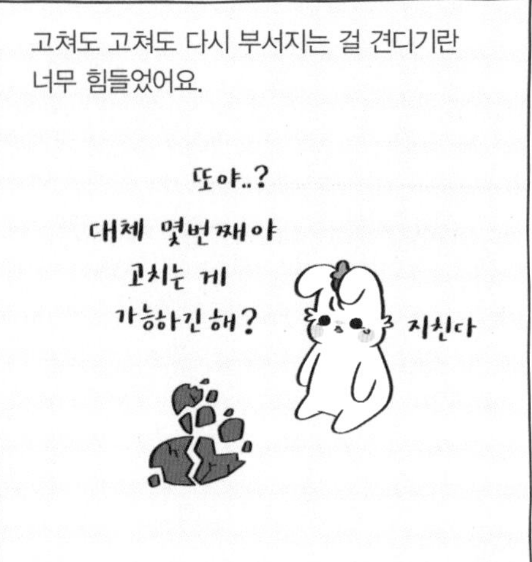

한가지 확실하게 말할수 있는 건
여기도 사람 사는 곳이에요.

머릿속에 그리던 이상화된
모습과는 정말 다를 거라는 점

Episode 02

한국어 강좌에서 만난 사람들

대부분 한국을 좋아하기에 별다른 트러블 없이 즐거운 시간을 보내곤 해요.

K-PoP
패션
역사
제가~ 그래서~
한국문화
드라마
취업
어학능력
한국유학

건강이나 의학 정보에 관심이 많아서 유용한 조언을 해주셨던 이즈마 씨.

토리씨랑 대화하면 편해요.

즐거운 휴식 시간이라 힐링되곤해요.

이 성분은 알레르기를 유발할수도 있으니 조심해야 해요.

병원 알아봐요? 그럼 이 병원에 가봐요

그중에서도 특히 기억에 남은 학생 분들이 있는데, 제가 일본에 오면서부터 계속 인연을 이어온 나카야마 씨.

한국 역사에 관심이 많아 사극에 빠졌어요. 로맨스드라마도 재미있어요.

역사 공부를 하면서 일본이 한국에게 많은 죄를 지었다는 사실을 알았고, 진정성 있는 사과를 해야 한다는 말씀도 하신 적 있어요.

신기했어요. 이런 생각을 가진 사람 자체도 드물었고… 더욱이 제가 직접 이런 얘기를 듣게 될 줄은 몰랐거든요.

모두가 똑같진 않다는 당연한 사실을
새삼 느꼈어요.

아...
이런 사람이
많아지면
정말 좋겠다.

그렇다면 참
따스한 세상이
될텐데...

그러던 어느 날 나카야마 씨의 어머님이
하늘나라로 먼저 소풍을 가시게 되었는데,
장례식에 다녀오신 후 저에게 무언가를
전해주셨어요.

잘 다녀왔어요.
이거 먹고 싶어
하지 않았어요?

카스테라

나였다면
내 슬픔이 너무 커서
주변은 안보일 텐데..
이렇게 챙겨주시다니
마음이 따스해
지는 것 같아.

그리고 자주는 못 만나지만 만날 때마다
긍정적인 힘을 주는 타가 씨도 있어요.
전 한국 노래가
너무 좋아요!
들으면 힘이 나요.
한국 문화를 더!더!
알고 싶어요.

일본에서 힘든 시기를 보냈을 때, 먼저
힘든 일은 없냐고 물어봐주셨어요. 마음이
답답했던 저는 그동안 일어났던 일을
간략하게 이야기했어요.
토리씨는 일본생활 하면서
힘든일은 없어요?
아...
실은
얼마전에

선생님이 그런 일을 당하다니!
그런 일 당할 사람이 아닌데.
나쁜사람.. 화가 나요. 제가
할수있는게 없어 미안해요
울먹
많이 힘드셨죠?
울먹

오히려 자주 만나지 못했던 분에게 위로를 받으니 눈물이 날 뻔했어요.

울먹이며 이야기 하시다니… 가슴 한켠이 찡해

울컥 울것같다

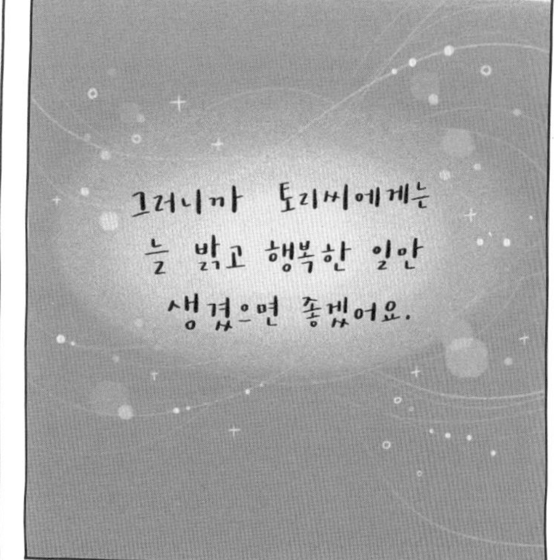

언어란 정말 신기해요. 완벽하지 않아도 숨은 의미가 전달되고, 사람의 마음도 움직일 수 있으니까요.

전 그냥 한국에서 태어나 자연스럽게 배운 언어를 말하는 것뿐인데….

이런 분들이 있어 하루를 살아가는 힘을 얻어요.

앞으로도 많은 사람들을 만나고,

저 또한 긍정적인 힘을

누군가에게 전하고 싶어요.

Episode 03

떠나오면 드는 생각

한약

대학수학능력시험

합격

일본

언니선물
리스트

왜 지금 알고 있는 걸
그땐 몰랐을까

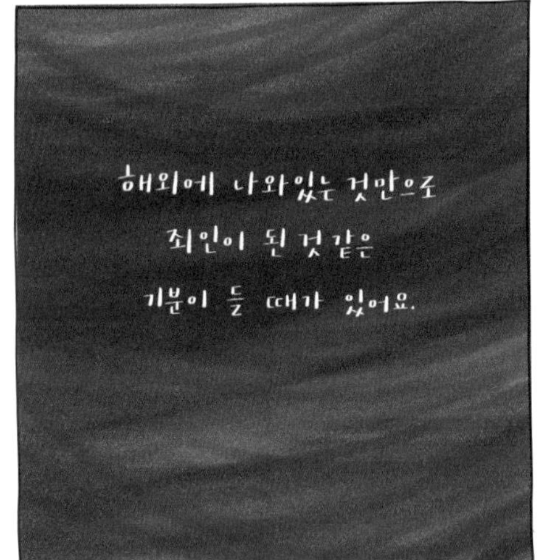
해외에 나와있는 것만으로
죄인이 된 것같은
기분이 들 때가 있어요.

부모님의 시간이 조금만 더
천천히 흘러가면 좋겠어요.

앞으로 함께 할 수 있는 시간

'앞으로 가족들과 몇 번이나 같이 밥을 먹을 수 있을까?' 이런 생각이 들 때면 어김없이 눈시울이 붉어지곤 해요. 스스로 선택한 길이지만, 해마다 점점 작아지는 부모님을 볼 때면 죄인이 된 기분마저 들고요. 저를 만나러 일부러 일본까지 와주는 가족들. 그런 가족들이 한국으로 다시 돌아가는 날이면 어김없이 쓸쓸함과 미안함, 그리고 공허함이 한꺼번에 밀려와 아무것도 할 수 없게 되고 말아요. 물론 전 혼자가 아니고, 그 사실을 잘 알고 있지만 그래도 가족들이 귀국한 그날만큼은 이 세상에 홀로 남겨진 기분을 지울 수 없어요. 가족의 품을 떠나 해외에 사는 다른 분들도 비슷한 경험을 하셨을 것 같아요. 특히 견딜 수 없이 힘들거나 가족에게 문제가 생겨도 당장 한국으로 달려갈 수 없을 땐 '무슨 부귀영화를 누리려고 이러고 있나….'라는 생각도 하게 되곤 해요.

하지만 꼭 부정적인 생각만 드는 건 아니에요. 떠나오면서 비로소 알게 된 것들이 많으니까요. 좁았던 시야를 넓히고 생각을 환기하는 계기도 됐고, 무엇보다 가족에 대한 사랑이 더 애틋해졌거든요. 그래서 거의 매일 가족들과 연락하려 하고 있고, 가족들이 놀러 오면 '여행기'도 꼭꼭 남기고 있어요. 떠나와서 드는 생각은 떠나지 않았다면 들지 않았을 생각일 수도 있으니, 지금 이 순간을 소중히 여겨야죠.

Episode 04

밥토리를 그리면서

'개밥에 밥토리'를 매일 그리게 되면서 변한 게 몇 가지 있어요.

개밥에 밥토리
국제결혼
일본, 일상툰
2019.11.26~

아! 이때
이런일이 있었지

포리 봐 ㅋㅋㅋ
한국어 귀여워

맞아. 이런 일도 있었어
기억난다.

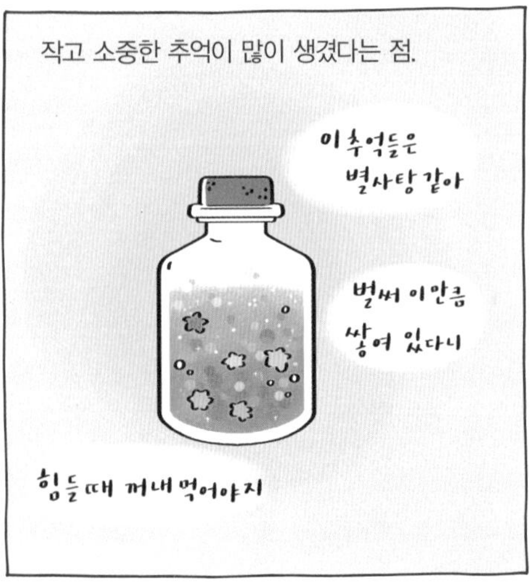

힘들었던 일본 생활이 조금은
살 만해졌다는 것.

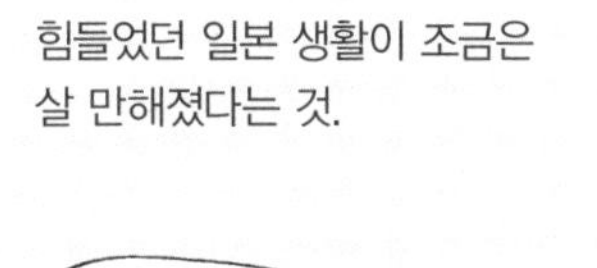

내 탓으로 돌리지 않는 법을 배운 것.

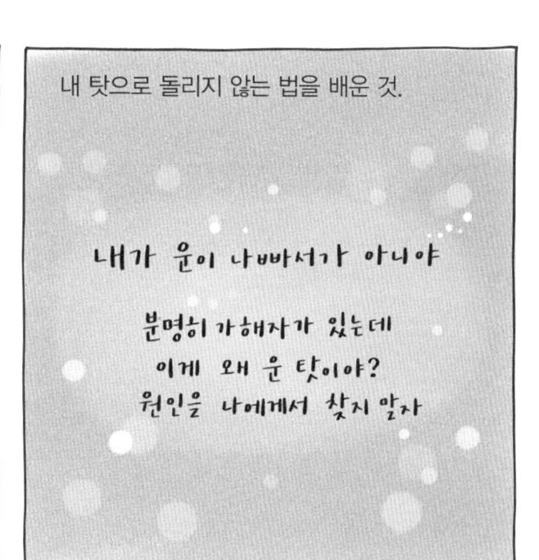

정신적, 육체적으로 너무 힘들었을 때.
나를 정말 위로해주고 싶어 시작한
밥토리 이야기.

그런데 예상치 못했던 기쁜 일들이 생겼어요.
일기를 보고 같이 화내주고, 공감해주는
사람들이 늘어갔거든요.

저도 당해봐서 알아요.
그 기분 저도 자주 느껴요 저만 그런 건 줄 알았는데 위로받고 갑니다.
혐한 당해보니 무섭더라고요... 몸이 굳어져서...
공감한다라는 그 말에
왜 그렇게 눈물이 나던지...

공감의 힘은 대단해요. '나만 그런게 아니다'라는 생각은 큰 위로가 된답니다.
작가님 그림 보고 위로받았어요.
저도요
저도..
알고 계시나요.
여러분들 덕분에 저 또한 위로받는다는 걸

이름도, 얼굴도, 성격도 아는 것 하나 없는 사람들이지만, 저를 지켜주는 든든한 내 편.
기세등등
흥! 덤벼라!
만화에서 엄청 혼내줄 테다!

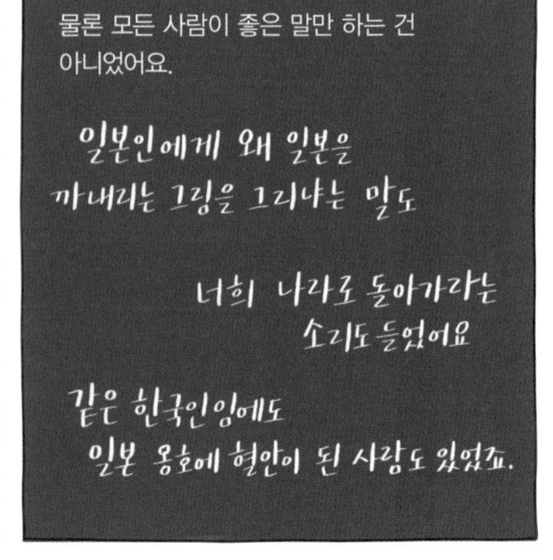
물론 모든 사람이 좋은 말만 하는 건 아니었어요.
일본인에게 왜 일본을 까내리는 그림을 그리냐는 말도
너희 나라로 돌아가라는 소리도 들었어요
같은 한국인임에도
일본 옹호에 혈안이 된 사람도 있었죠.

감정은 더하기 빼기가 안 되더라고요. 아무리
기분 좋은 응원의 말을 들어도 계속 생각나고
마음 어딘가에 상처가 남았어요.

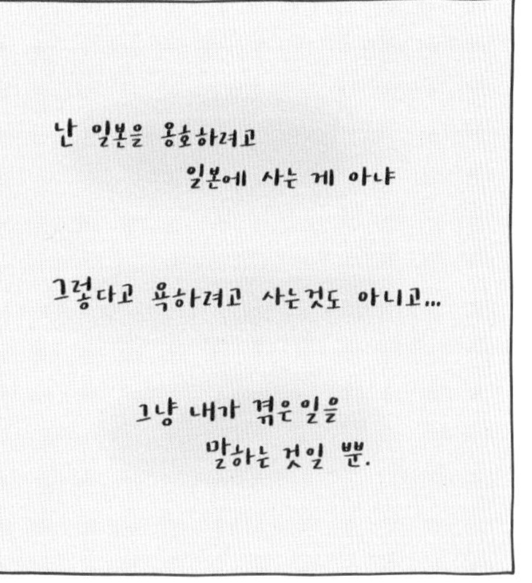
난 일본을 옹호하려고
일본에 사는 게 아냐
그렇다고 욕하려고 사는것도 아니고...
그냥 내가 겪은 일을
말하는 것일 뿐.

비록 완전히 없던 일로 하기는 힘들지 몰라도,
쓸데없는 생각에 시간을 낭비하지 않으려고
해요.
휙
버리자
휙
악플들

앞으로도
좋은기억이
많이 생겨
힘든일이 있어도
이겨내는 불빛이
되어 주길
반짝반짝 빛날 수 있기를

Episode 05

러브러브

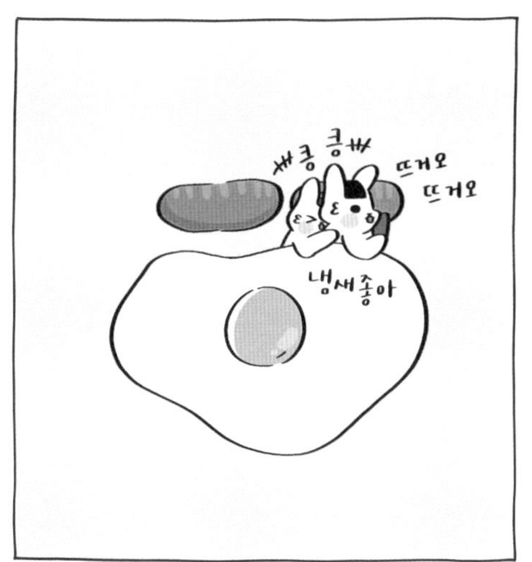
쿵 쿵
뜨거오
뜨거오
냄새좋아

*오시리 친구!
*오시리
=엉덩이
사삭
오시리 칭구야?

꼭 엉덩이가 닿아야함
오시리 칭구!

엇 꼬부기다
꼬부!
∞ 무한반복

10년 전의 일본과 많이 달라진 지금의 일본

10년 전의 전 상상조차 하지 못했었죠. 앞으로 10년간 일본에 머무르고, 일본 남자와 결혼하며, 그 경험을 차곡이 모아 책으로까지 꾸리게 될 거라곤 말예요. '밥토리'를 그릴 거라고 생각 못했던 것처럼 제 생활에도 큰 변화가 있었고, 이곳에 익숙해지는 만큼 보이는 것들도 많아졌어요. 제2의 고향이라고 할 정도로 친숙하고 좋았던 일본이었지만 장기간 거주하면서 답답함과 분노도 느끼게 되었네요. 사람 사는 곳이 다 똑같은 건데 저는 너무 큰 환상을 품고 일본에 왔기에, 한번 무너진 멘탈을 회복시키는 데 많은 시간이 걸렸습니다. 처음에는 분노. '왜 나한테만 이런 일이 일어나는 거지?' 두 번째는 슬픔. '내가 뭘 잘못한 걸까?' 세 번째는 실망. '결국 나를 도와줄 사람은 아무도 없어.' 안 좋은 일이 반복되면서 일본에 대한 환상은 와르르 무너졌고, 부정적인 인식과 거부감이 마음속 깊이 뿌리내렸어요. 결국 도와주지 않을 사람들, 방관자들, 다름을 인정하지 않고 배척하려는 나라. 물론 아닌 사람들도 많았고, 저에게 행복을 느끼게 해주는 존재들도 많았어요. 하지만 잔잔하던 호수에 돌멩이 하나가 떨어지면 그 파장이 널리 퍼져가는 것처럼, 한번 상처 입은 마음이 회복되는 건 생각보다 어렵더라고요. 마음씨 좋은 사람들이 많다고 해서 안 좋은 일이 없던 일이 되는 건 아니니까요. 네. 기억은 제가 원한다고 해도 사라져주지 않았어요. 그래도 밥토리를 그리게 되면서 많은 게 변했답니다. 여러분의 도움으로 생각이 긍정적으로 바뀌게 되었고, 안 좋은 일을 겪어도 '〈개밥에 밥토리〉에 그림으로 그려버릴 테야!'라고 다짐하며 이겨냈습니다. 힘을 내라는 말도 정말 감사했지만, 그중에서도 저와 같은 일을 당하신 분들의 위로가 되었다는 말은 눈물이 날 정도로 제 가슴에 깊이 스며들었습니다.

'나와 같은 생각을 하는 사람이 있어. 나를 이해해 주는 사람이 있어. 혼자가 아니야!'

일본에서는 그 누구에게서도 듣지 못했던 말을 듣고 싶어서, 저 자신을 위로하기 위해 그렸던 만화가 이렇게 많은 분의 응원을 받고 책으로 나온다니 감개무량할 뿐입니다. 모든 분께 머리 숙여 감사의 말씀 전합니다.

개밥에 밥토리

초판 1쇄 인쇄 2019년 4월 19일 | 초판 1쇄 발행 2019년 4월 29일

지은이 DARORY
펴낸이 김영진

사업총괄 나경수 | 본부장 박현미 | 사업실장 백주현
개발팀장 차재호 | 책임편집 강세미
디자인팀장 박남희 | 디자인 김리안
마케팅팀장 이용복 | 마케팅 우광일, 김선영, 정유, 박세화
출판지원팀장 이주연 | 출판지원 이형배, 양동욱, 강보라, 전효정, 이우성
출판기획팀장 김무현 | 출판기획 이병욱, 강선아, 이아람

펴낸곳 (주)미래엔 | 등록 1950년 11월 1일(제16-67호)
주소 06532 서울시 서초구 신반포로 321
미래엔 고객센터 1800-8890
팩스 (02)541-8249 | 이메일 bookfolio@mirae-n.com
홈페이지 www.mirae-n.com

ISBN 979-11-6413-095-5 02810

* 북폴리오는 (주)미래엔의 성인단행본 브랜드입니다.
* 책값은 뒤표지에 있습니다.
* 파본은 구입처에서 교환해 드리며, 관련 법령에 따라 환불해 드립니다.
  단, 제품 훼손 시 환불이 불가능합니다.

이 도서의 국립중앙도서관 출판예정도서목록(CIP)은 서지정보유통지원시스템 홈페이지(http://seoji.nl.go.kr)와
국가자료공동목록시스템(http://www.nl.go.kr/kolisnet)에서 이용하실 수 있습니다.(CIP제어번호: CIP2019014747)